Катя Капович

Поговорим молчаниями

Cover image: Fragment of painting "*Playground*" by an Israeli artist Jan Rauchwerger
Cover design: © 2026 Virgola Press
Photo of the author: Courtesy of the author

Published by Virgola Press
www.virgolapress.com

ISBN: 978-1-968788-25-4

Катя Капович

Поговорим молчаниями

VIRGOLA PRESS
NEW YORK

***

Где соседский мальчик косолапо
с папой-мамой шёл на Новый год,
дядя средних лет, как по этапу,
сорок лет за елкою идёт.

С ним мы обучались в средней школе
радоваться всякой ерунде.
Стройплощадка в редком частоколе,
назревает утренник в судьбе.

Утренник. Играет в жмурки-прятки
косолапый мальчик из седьмой.
Сквозь забор – прожектор стройплощадки
с недовозведённою стеной.

Этот мир из снега и бетона
прежде полюби, потом поймешь.
Со стеклянным, оловянным звоном
встанешь по будильнику, пойдёшь.

Будет чёрно-белою дорога,
будет воздух холоден и чист,
будет слышно далеко-далёко,
как играет во дворе горнист.

И, разучен на уроке пенья,
западает в памяти куплет.
Где-то там он, в солнечном сплетенье,
навсегда. И песенника нет.

***

До встречи, до встречи, до встречи в знакомом
дворе,
где девочки вниз головою висят в сентябре
на детской площадке и видят, как по пустырю
проносят кого-то в не очень нарядном гробу.

На детском снаряде висят они вниз головой,
белея трусами среди перекладин стальных,
и что-то, наверное, есть в перспективе такой,
когда сверху вниз как на мертвых, так и живых.

Сейчас в подворотню свернет небольшая толпа,
соседские тетки отплачут, и я докурю,
прощальную музыку вынесут прочь со двора.
До встречи, до встречи, до встречи, я им говорю.

***

Дай расскажу наш эмигрантский
нехитрый быт американский,
он не хорош, не слишком плох.
В окне – обычная картина,
забор, горбатая рябина
и воробьёв переполох.

Тут мы живём в квартире съёмной,
наверх нас тянет лифт огромный
с каким-то дядей, пьяным в дым.
Скажи-ка, дядя, ведь недаром,
ходили в юности по барам,
а нынче с сумкой в магазин?

Ах, этот дом многоэтажный,
туман осенний и протяжный,
в тиски сжимающий виски.
С утра листву сгребает дворник,
нужду в кустах справляет бобик,
ребята курят косяки.

Здесь крутимся, растим ребёнка,
торопимся, летим вдогонку –
чему? Не приложу ума.
И вдруг вбегает в кухню крошка
и на стекло кладет ладошку:
«Смотрите, там зима, зима!»

***

Избавились от крысы, что жила
в оранжевом контейнере для стружек.
Когда сквозь двор наутро я прошла,
она лежала посредине лужи.
Фонарь еще горел, шумел бамбук –
там снова начинался дождик серый,
чтоб в луже рисовать за кругом круг
с упорством переростка-пионера.
И лужа, что была ее прудом
и зеркалом, в которое взирала
и где лежала мертвая потом,
в тот утро ничего не отражала.
Уже, подруга, ты не будешь впредь
делить углы двора, как биссектриса.
Что тут сказать? Что ты страшна, как смерть?
Что шерсть твоя от ветра серебрится?

***

На крыльце областного
овощного сырого
магазина старуха
лист капустный нашла.
Сигарета потухла,
и дождя оплеуха
с подбородка текла.

Уходя, оглянуться
на морковь и картофель,
кликнуть мышь, и спасутся
эти грузчики в профиль
и старуха с железной
коронкой во рту —
там, где в памяти тесно,
как в капустном ряду.

***

Большие клены пожелтели
и заблистали фонари,
и мы слегка офонарели
и стали старше изнутри.

Но дай мне только речь живую
в вечерней пятничной толпе,
разговорюсь напропалую,
все расскажу тебе, тебе.

И клены были, и летели,
и ночка темная была,
и все кончалось, где с похмелья
из бара женщина брела.

***

Пусто, холодно и голо,
Ленин на стене висит,
класс седьмой, восьмая школа,
голой памяти софит.

В бой морской Петров с Орловым,
книжками отгородясь,
бьются в мареве багровом,
география у нас.

Мы одна шестая мира,
горло галстуком сдавило,
пионерским узелком.
Кузин кроет матерком

географии препода
за поставленный трояк.
Все мы, в сущности, уроды,
все мы сделаны не так.

Мы отчаянны и люты,
ничего у нас внутри,
забери меня оттуда,
тряпкою с доски сотри.

***

Когда над жизнью, прожитой впустую,
поднимется душа в зиме стальной,
и эту клетку старую, грудную
оставит то, что раньше было мной,
пускай язык заговорит в итоге
на самом высшем, птичьем языке.
Пошли мне друга для пути-дороги,
чтобы болтать о прежней чепухе.
Пошли мне друга, всемогущий Боже,
пусть говорит о доме, где подъезд,
о двух истёртых тапочках в прихожей, -
мне это никогда не надоест.

Подобрать бы мне несколько слов
к музыкальной строке воробьев,
чтобы вышли веселые строки.
Нагудеть бы под нос на ходу,
пусть на радость они – не беду
напеваются мной по дороге.

Я пойду и спою те слова,
я сирени нарву возле рва,
я приду к тебе в красном берете,
от улыбки моей вспыхнешь, друг –
на, возьми эту ветку из рук,
посмотри, что за прелесть соцветья.

Посмотри, я сложила строку
про веселую жизнь на веку,
где я слушал хор этот птичий,
приходила в весеннем пальто,
говорила извечно не то –
уж таков у поэтов обычай.

***

Зоопарковый ласковый гризли
и смешной полосатый койот
постарели, на пенсию вышли,
на скамейке сидят у ворот.

И выходит зачуханный дворник
в тот же двор – опустевший, глухой,
как какой-то сибирский затворник,
в нашем старом дворе за рекой.

Там, на сером раскатанном поле,
мяч гоняет с утра детвора,
его ловит медведь, отфутболя,
чтобы мяч не сбежал со двора.

Вы играйте, играйте, играйте!
На земле во все длинные дни
всё – игра, бесконечное счастье,
в голубые ворота одни.

***

Продувная подсобка к заводу спиной,
в чьем окне по-простецки ты машешь метлой,
упирается взглядом в большой продуктовый
магазин с безголовой едой ледниковой.
Рыба хек, сорок восемь копеек кг.
Пароход поднимается вверх по реке,
на который не сесть, не уехать туда,
где березовый лес и большая вода.
Но зато, как уляжется длинная пыль
(ты ее не буди в сентябре-октябре),
там выходит директор и автомобиль
он заводит в крысином дворе.
И отсюда понятие правды у нас –
не как общего дела на общих правах,
а как свойства спины разгибаться на раз
в этих голых дворах.

***

Ф.

Как долго собирались, выходили,
букет, конечно, дома забывали,
как ссорились, как в зеркало смотрели,
вернувшись за букетом, как молчали.
Как по дороге ты уткнулся в книгу,
как запропала с адресом бумажка,
как в зеркальце шофер косился дико
на психов, как свистела неотложка.
Мотал кварталы тьмы зеленый счетчик,
звенел в стекле серебряный бубенчик.

Один на свете ты поймешь мой почерк
с его избытком русских поперечин.

***

Здесь чужая музыка бывало
до пупка мне душу надрывала
за стеной.
Джазовая черная певица,
ветхая, как старая кулиса,
вспоминала год тридцать второй.

Как они там с Дюком или Эллой
пред толпою черной или белой
урезали блюз.
Эх, какие розы в них бросали,
нынче нет таких. Пыль на рояле,
в окнах дождик плющит голый куст.

Ничего, родная, выпьем бренди.
Жизнь твоя останется в легенде,
а моя легко
отоспится на тахте трехногой
и пойдет своей пустой дорогой.
Вот и все тут. Let my people go.

***

Когда под небом невесомые
однажды жили мы с тобой,
когда нам пели насекомые
в плафонах зелени густой,

тогда уже в часы вечерние
мне стал являться странный звук,
как бы листвы сердцебиение
передавалось пальцам рук.

В те дни, измученная мыслями,
еще не внятными уму,
я поднималась и меж листьями
брела в мерцающую тьму.

За огородами капустными
шли помидорные поля,
и было и светло, и грустно мне,
и вся земля была моя.

***

Вечер напишет сангиной
черного неба кусок,
это рябин именины
это декабрь недалек.

Как поплывет вдоль канала
первый холодный закат,
так бы глядела устало
вдаль на рябиновый сад.

Наше житье человечье,
как ты отдельно от нас
смотришь иначе на вещи
в этот магический час.

В осеннем сквере музыканты
пьют водку после похорон,
молчат полдневные куранты,
в траве лежит аккордеон.

Вот так бы умереть, чтоб кто-то
забацал музыку родне,
а после из кармана штопор
достал и выпил в тишине.

Глядишь, и небо просветлело
над колокольней городской,
и можно снова по одной
из чашечки бумажной, белой.

Мы в лодочке синей скрипучих дворовых качелей
на жестких дощечках с тобою уносимся вверх,
и солнце летит сквозь густую пятнистую зелень,
а там уже снег, двадцать первый какой-нибудь век.

Качели лишь повод качнуть злополучную тему
про синее-синее над черепицею крыш,
куда провода утекают сквозь твердые клеммы,
про белое-белое там, где на небо летишь.

Семнадцатилетний эстет, обожатель Востока,
и хмурая девочка в беличьей шубе смешной,
но есть еще главная тема — поэт и эпоха
за всей переходного возраста снежной лапшой.

В ней много культурных походов за хлебом
                                        насущным
и много совсем одиноких окольных свобод,
но как ни оглянешься, это окажется лучшим,
где мальчик читает, и девочка варежки мнет.

***

За ясный нрав, свет в солнечном сплетенье
оставь меня в составе населенья
жуков, сверчков и трубчатых стрекоз:
за то, что я в кругу себе подобных
держала мысль в усталых долях лобных,
чтобы на резкость время навелось.

Оставь меня в саду Семирамиды,
где вверх живут березы и ракиты,
рябина тянет веточки к заре,
оставь в саду, где сохнет полотенце,
и в такт сверчку стучит по ребрам сердце,
как сумасшедший дятел по коре.

И много же оно тут настучало!
Ах, все-таки опять гони с начала
о счастье, о разлуке, о любви,
о ней, последней, больше, чем о прочем.
Зачем-то ведь, земли простая дочерь,
сидела я с богами визави.

Как гусеница носит власяницу,
чтоб в бабочку однажды превратиться,
вот так и я, когда умру вотще,
припомню сад, в нем к живности причастность,
вот почему я так любила ясность,
вот почему любила вообще.

***

Как люди светятся в домах –
ты только посмотри в окошко,
как застывают впопыхах
и улыбаются немножко.
Благословенные года,
благословенная природа,
и Вифлеемская звезда
вот-вот всплывет у поворота.

В реке зимуют пескари,
они уснули в перепуге,
стеклом сияют пустыри
с мечтою о пере и пухе.
Садишься тут на табурет
и задираешь подбородок,
когда уже дыханья нет,
дверь открывается на воздух.
Навстречу снежный городок
несет сияющие лица.
Простимся не через порог,
когда придет черед проститься.

***

Вот опять я на голом пороге
наблюдаю осенний салют,
стаи птиц собираются в строки
и уроки вокала дают.

Отозваться б на звонкие кличи,
человечий язык позабыть,
говорить в этом мире по-птичьи –
да чего уже там говорить?

Было все: в небе птицы летели,
розовела лаванда в саду,
мы с тобой на веранде сидели –
дай дыхание переведу.

Где лаванда и где та веранда?
Где веселый осенний букет?
Всё в стихах ерунда и неправда,
и тебя уже нет много лет.

Был бы времени ход в моей власти,
я б уткнулась макушкою в грудь,
разорвавшись на радость и счастье,
на последнюю радость и грусть.

***

Русского вечный винительный, дательный,
обществоведенье – приступ тоски,
справа полощется флаг обязательный,
а в переменах полощут мозги.

Там, между рыбами и между рифами,
между соцветьями дольних цветов,
между двумя даже голыми рифмами
ярче гори, половая любовь!

Тройкой лети по плохим сочинениям,
лебедем-двойкой уроков труда,
но в геометрии я была гением
линий, ведущих куда-то туда.

***

Я выходила из загула, в ауле как-то раз жила,
я по дороге из Кагула на жесткой лавочке спала,
возила шкуры контрабандой через таможню
                                        напрямик,
сообразила, что гарант мой – лукавый, грешный
                                        мой язык.

Я говорила разговоры с простыми спорыми
                                        людьми,
ловила разные попутки, где в рощах пели
                                        соловьи,
по Гагаузии шаталась, где степь да степь лежит
                                        кругом,
где дым с утра висит, качаясь, над догоревшим
                                        кизяком.

Был мне язык для жизни даден, прекрасен, мудр,
                                        как у змеи,
он от азовских красных впадин водил меня до
                                        той земли,
где тёмный лес стоит на страже, где в Каме
                                        высока вода,
где щи да каша – пища наша. Где я не буду
                                        никогда.

И вот я подвожу итоги, что мир, конечно же, базар,
но лучше обивать пороги, чем лечь в
                                        кладбищенский базальт,
что лучше переждать невзгоды, где длинная река
                                        течёт,
и дальше двинуть понемногу. Язык до неба доведёт.

***

Мне нравится тусклая звездочка,
мне нравится ветер сырой,
мне нравится беглая лодочка
над синей прилежной волной.

Мне нравится сильное, быстрое
теченье холодной воды –
все то, что подальше от истины
и ближе к бессмысленности.

И что мне особенно нравится –
с уходом к другим берегам
все точно таким и останется,
ты можешь проверить и сам.

Во всем дому был свет потушен,
стояла женщина под душем,
за занавеской мокрым шелком
светилась кожа ее желтым.

Светилась кожа ее белым,
светилась кожа ее бледным,
и тень воды, сбежав по стенам,
светилась отраженным светом.

Капли кап-кап, глаза застыли,
фиалковое пахло мыло,
и ничего другого в мире
в тот вечер не происходило.

***

На прощанье, слышишь, дай мне руку,
очень мне нужна твоя рука,
под руку ленивая прогулка
мимо сигаретного ларька.

Старый парк в пустом великолепье
затевает длинный разговор,
словно пар, туманятся деревья,
мается аллейный дискобол.

Сорок лет сгибает руку в локте,
в каменный упершись пьедестал,
скучный правнук каменного гостя,
и устал, ужасно так устал.

Там кружит у кассы рой бумажек,
будто все билеты продались,
и припомнить хочет с двух затяжек
человек, куда девалась жизнь.

В декабре на твои именины
будет луж маслянистая дрожь,
отразятся в асфальте витрины,
загундосит на паперти бомж.
Из бутылки хлебнёт бормотуху
в одеяле беззубая Скво,
и не будет ни Сына, ни Духа
и ни даже его Самого.

Только будут огни автострады
вполнакала под небом гореть,
возле Гарвардской чёрной ограды
будет громкий прицеп тарахтеть,
над железною крышей почтамта
затрепещет линялый флажок,
там и сядешь с бутылкой початой
тусклой зрелости на посошок.

И увидишь ни много, ни мало:
вдоль последней полоски зари
всею стаей летят над каналом
снегири, снегири, снегири.
Будто жизнь по прямой эстафете
устремилась в разлитый закат
меж земной и небесною твердью,
и всё дальше, всё дальше за кадр.

***

Человек загибается от пустяка,
как у куклы отламывается рука,
и об этом Толстой с убедительной силой
рассказал, написавши "Иван Ильича".

Там столы и комоды копают могилу,
сослуживцы не видят, как слезы текут,
и дежурно по комнате ходит верзила,
заложивши за пояс изогнутый кнут.

Так откуда тогда этот свет на прощанье,
что изменит он в мире, где ужас и хлад,
где жена уже смотрит пустыми глазами,
сладкий морфий подносит ему в аккурат.

Лучше бей, бестолковая боль, ниоткуда,
говори абсолютную правду в глаза
или веру верни в абсолютное чудо.
А вот это вот, боль отвечает, нельзя.

***

Умами зрителей играющий
в осенней арке у ворот
заезжий маг букет пылающий
из черной шляпы достает.

Гирлянды красные и желтые,
мышонка посадив в карман,
он достает из куртки шелковой,
и не поймешь, в чем тут обман.

На площади в морозной колкости
мы, иногда гуляя здесь,
вдруг застываем с осторожностью
среди простых его чудес.

Смешной, с мышонком за жилеткою,
он голубя достал... А вдруг
и нас однажды в утро ветхое
достанет он обманом рук?

***

Дороги размоет вода,
и ангел обмоет меня,
он с паром откроет врата,
а там меня ждет простыня.

Она с номерочком, как встарь,
со штампом «г. Нижний Тагил».
Там потный, нахрапистый пар
мне нежные кости ломил.

Там мыло скользило по дну,
водичка стекала с бадьи,
и холодно было окну
смотреть на прожилки мои.

***

Это утро так играет облаками,
как ребенок пузырями. Мир наутро
отразился на минуту вверх ногами,
вверх ногами отразился на минуту.

Выдувается пузырь обыкновенный,
на соломинке висит вся незадача,
день рождается из густо взбитой пены
с сигаретою последнею из пачки.

Но не меряем игру пустым итогом,
пока воздух в белом шарике лучится,
за соломинку цепляется со вздохом
и не хочет от иллюзии лечиться.

Снег пройдет, снова станет светло
между небом и тем, что под небом,
первым взглядом и взглядом на все,
между правдою и ширпотребом.

Нашей жизни и грусти поверх,
наших детских масштабов линейных
станет очень красиво навек,
где насыпался снег до коленок.

С парой беличьих быстрых следов
где бессмертно меж тем и меж этим —
К плюс Е написалось Любовь.
Кодак уличный четко подметил.

ПИСЬМО

Вы, зеленеющие в теплой мгле,
густые ветви в сводчатом окне,
на языке царапин на стекле
скажите мне...

Скажите мне, роняя цвет свой в пыль,
в пустую высь сомнения гоня,
не то, что любит он еще меня,
а то, что он тогда меня любил.

Был почерк у него такой – стремглав,
отточиями лист бумажный рвал,
а почерк, милые – ведь тот же нрав,
и не хочу я правды наповал.

Тогда уж лучше, вешние мои,
когда спрошу: а он грустил порой,
скажите так: он сочинял стихи,
и в них звезда болтала со звездой.

РОДОСЛОВНАЯ

Мои предки так жили на шаре синем:
говорили на всех языках европейских,
торговали мануфактурой с миром
и ходили в заломленных рыжих кепках.
Над Европою высятся мемориалы,
есть на карте отчизны моей пробелы,
за кого я досматриваю кошмары,
тереблю черной ночью в окне портьеру.
Матерьяльчик хороший, поплин французский...
Португальского я отхлебну портвейну
и торгуюсь на всех языках по-русски –
по инерции я набиваю цену.

***

Это которая Капович?
Которая ни фрукт, ни овощ?
Это вон так худая сволочь?

Крадется тень среди сараев...
Туман Полонского замаяв,
цыганит музыка, Алябьев.

Засвеченная тень крадется
мимо окна, куста, колодца
типа какого-то уродца.

Вроде такой воровки-шмары,
пронесшей под полой товары,
лалы, алмазы. Небо, звезды.

***

В тумбочке – винишко поправить нервишки,
в руках записная открытая книжка,
но, кому позвонишь ты, кому позвонишь ты,
много в книжке имен, да подумаешь трижды.

Этот будет говорить, говорить, говорить
про судьбу свою бедовую, жизненную нить,
этот будет хвастаться, понесет дурака,
этот будет жаловаться на начальника.

И во всем этом свете, на всем это свете
хвастовство да беда... Никого на примете –
покурить, помолчать о простой чепухе,
о такой чепухе, что бывает в стихе.

***

Облака надо мной, облака на
небесах. Выхожу из тумана.
Шестьдесят мне, а было сперва
десять лет, и каникулы в школе,
чёрный велик, черешня в подоле,
и еще не болит голова.

На весёлую дату семнадцать
будет поезд суставами клацать,
пахнуть чаем плацкартный вагон,
на окне занавески из ситца,
и бельё принесёт проводница,
утром встанет Урал за окном.

Жить бы жить на Урале годами,
облака там проходят гуртами,
дешевы там еда и питьё,
от Свердловска к Тагилу поедешь,
расстоянье на скорость поделишь,
и получится время твоё.

Славно было по юности это:
Три семерки, друзья, сигареты
Стюардесса, Родопи, БТ,
Надо много и долго учиться,
а потом долететь до столицы,
повзрослеть, протрезветь и т.д.

Напечатать стихи в самиздате,
на допросы ходить. Если, кстати,

тебя спросит товарищ впритык:
«Что за сволочь стихи эти пишет?
Почему в них недоброе дышит?" –
отвечай: «Пишет русский язык».

***

Пора осенних холодов,
в багровых клёнах крик вороний,
но мне-то пара пустяков
построить город отдалённый.
В нём солнце, воздух и вода
на цвет и вкус совсем другие,
нанизаны на провода
такие облака живые.
Под небом черепичных крыш,
под музыку трамвайных клавиш
снимаешь трубку, и звонишь,
и тихо варежку кусаешь.
И на раздавшийся звонок
в том вечном, совершенном мире
вновь отвечает тенорок
в квартире пятьдесят четыре.

***

Пойдем по грибы да по ягоды
по самому первому холоду,
где вьются утиные паводки
по желтому тусклому золоту.

Осеннее солнце за листьями
мелькнуло иголкою в войлоке
и, как от ружейного выстрела,
вся роща обрушилась под ноги.

Все было, все пущено по ветру,
горит полунищее зарево,
душа ничего не запомнила,
и жизнь ничего не исправила.

***

Вышла покурить в густой ночи,
только дверь захлопнулась от ветра,
дома позабыла я ключи,
в дверь стучала – не было ответа.

Вот бы кто-то вспомнил про меня
и впустил бы в комнату обратно,
там, где ночь темна и холодна,
и сама во всем я виновата.

В том, что я вставала в темноте
и зачем-то по двору бродила,
и ко всей вселенской красоте
ключ искала и не находила.

***

За этими стихами мрачными
стоит отдельный человек,
измученный судьбы подачками,
а не какой-то имярек.

За этими сухими строчками
виднеется – прильни к глазку –
проспект с домами шлакоблочными.
Все улеглось в одну строку.

По-молодости все мы – бражники, –
хлебни безумия вина,
а зрелость ищет рубль в бумажнике
и по двору бредет одна.

Там в детских деревянных лодочках
плыть бы по листьям взапуски,
а человек сидит на корточках,
ища упавшие очки.

И вспышкой памяти мгновенною
колодец неба освещен,
куда со всей этой вселенною
все глубже улетает он.

Разгорится на конфорке газ,
вечной памяти цветок алеет,
прямо, как живой, глядит на нас
Венедикт Василич Ерофеев.

По стране дешевого угля
бродят огоньки такого рода,
надо здесь родиться навсегда,
чтоб понять предельную свободу.

Чтобы параллельно здесь и там
в совершенно этом мире гадском
верить перелетным облакам,
человек тут градусом обласкан.

И еще на кухне водку пьет,
запрокинув ледяное донце,
подожди, дружок, сейчас пройдет,
разгорится маленькое солнце.

Припадает к тайне бытия,
пьет до дна, качаясь, чуть со стула
шаткого не падая туда...
Прочее, мой друг, литература.

ПОЕЗДКА

Под председательством труб золотых,
прочих в тот день духовых
я не пошла на работу, взамен
села в автобус один.

Был тот автобус с разбитым стеклом,
шел он на Иерихон,
рядом монах со своим псалтырем
и две старухи с мешком.

Пыль поднималась, метался сквозняк,
заполдень город возник,
вышли старухи, и вышел монах,
и я прошла мимо них.

И подходил ко мне белый мулла
и говорил мне: «Алла»,
четки какие-то в руки совал,
денег нечистых не брал.

В лавке одной прикупила еды,
вышла и села у стен
и все смотрела на эти дворы,
даже не знаю зачем.

И все смотрела и вдруг поняла —
к небу глаза подняла —
что никогда, никогда, никогда
счастлива так не была.

Свет был какой-то почти неземной,
пыль поднималась светло,
в каждой крупице пыли сухой
кто-то шагал сквозь село.

В дом возвращался убитый солдат,
в жизнь свою, в день-дребедень.
Но подожди, уже трубы гудят:
шапку-бейсболку надень.

Встань и иди, отряхнувши штаны,
мир уже будет иным,
жалости больше и больше вины
будет на свете к живым.

***

Мечтали правду говорить, но вдруг закончились
                                          мечты,
любили, оказалось бред.
Вот так выходит человек на волю после долгих лет,
а воли нет.

О чем еще тут рассуждать? Идет весна, цветут цветы.
Завидуем исподтишка.
И лишь не скажем никогда и никому так просто мы:
«Сотри усы из молока!»

В мозгу порядок заведен, и хоть зубри чужой язык,
в мозгу стучит: отстань...
И дворники кричат с утра такую чушь из дворницких
в такую божью рань.

Учил пахать, не покладая рук,
начальник при товариществе «Путь»,
носитель пиджака и важных брюк,
в глазах – непросыхающая муть.

С утра он совершал большой обход,
бывало, так вот встанет у столба,
посмотрит на бригаду: «Экий сброд
наштопала всемирная пи...да!»

Или «кого хороним?» говорил,
когда смолкал прекрасный звон кувалд.
Кто жил на свете, родине служил,
тот знает эту музыку средь шпал.

Там утро, как смертельный приговор,
все ждут лишь перерыва на обед,
а там ля-ля и про зарплату спор
под Пугачевой радиоконцерт.

Там жаловаться – дико западло,
а обижаться – страшный негатив.
Вот так в канаве дождь стучит о дно,
всегда один. Всегда, всегда один.

***

Поговорим молчаниями,
большим молчанием одним,
большими мирозданиями,
поэзией поговорим.

Поговорим нелепицу,
вот так бессмысленно идет
лунатик вверх по лестнице,
набит улыбкой глупый рот.

Наверх в сиянье синее
ползут пожарники к нему,
а он лишь видит линию
невидимую одну...

Оставьте там, на остове,
его на идиотский миг,
все счастье – идиотское,
поговорим про этот мир.

***

А если спросят дети нас, дебилов,
кем были вы в стране угля и стали,
то скажем так: героями из фильмов
мы были под большими небесами.

Какие все прекрасные моменты
в зеленых летних кинопавильонах,
размытые, плохие киноленты
и сноп лучей на головных уборах.

А если спросят, что это за люди,
которые гуляют по бульвару,
потом стоят подолгу на распутье,
в спортивные одеты шаровары?

Сойдутся вместе – ерунду морозят
и, выпивши, закусывают хлебом,
то скажем так: утри курносый носик,
ты не стоял вот так под этим небом.

ХОДАСЕВИЧ

Выживут прекрасные стихи,
мрачные классические строфы,
надо только сдохнуть от тоски
посреди сверкающей Европы.

Чтобы жемчуг принял блеск тугой –
есть рассвета узкая полоска,
по-над Сеной – злая бровь дугой,
и не с кем, ни с кем на свете в доску.

Тогда лет так через пятьдесят
без толку шатающийся призрак
совершит такой же променад,
понимая этой речи призвук.

***

Я люблю простое имя
легкое твое,
потому что в нем, как в дыме,
все и ничего.

И бессмысленное время
так с тобой течет,
будто в солнечном сплетенье
паучок плетет.

И, покуда вечность длится,
мне желаний верх,
чтобы пел мне голос чистый
про любовь и грех.

Без конца и без начала
пел бы, чуть дрожа,
чтобы в небо улетала
глупая душа.

***

Мы жили в маленькой квартире,
мы общие смотрели сны
и что-то, видно, пропустили
с той стороны, где мчались дни.
Что мы на свете ненадолго,
как солнца первые лучи,
что счастье, как в стогу иголка,
пройдет – потом ищи-свищи!
Ах, все это навек со мною!
Я сплю и вижу неземное
холодной ночью до утра:
снег над дорогой кольцевою
у церкви Павла и Петра.

***

Вот уходит любовь,
все уносит с собой,
вдоль пустынных дворов
не окликнешь «постой».
Вдоль дворов голубых
с красной розой ветров,
все деля на двоих,
кроме этих шагов.
Темной улицей вниз
обрывается наст,
так, кончается жизнь,
если нету в ней нас.
Где сквозь синюю ночь
по дороге прямой
мчится скорая – в точь
белый ангел с трубой.

***

Все прощу до последнего крика,
провожу тебя на самолет,
ничего, что друзья чешут лыко,
говорят, что и это пройдет.

В легкой жизни любому на зависть
я счастливую книгу создам,
пропою, как последний акафист,
темный вечер и поздний Агдам.

Много чуши уже не морозим,
пишем правду, лишь правду одну,
а всю ложь оставляем на осень
и на белую зиму – вину.

ЗИМНЕЕ УТРО

В семь пятнадцать рассвет так похож на закат,
мокрый снег полосою струится в окно,
застучит из тумана дружок-автомат,
автомат для газет медью сыпет на дно.

На рассвете, где бешено мечется снег,
это очень несложно, мой друг, проглядеть,
проглядев, не заметить, понять, умерев,
что в сырые газеты завернута смерть.

Смерть завернута, друг, в голубые листки,
настоящая смерть, смерть-война, не любовь,
я газет не читаю, я прячусь в стихи,
и, плохой гражданин, умираю в них вновь.

И, плохой гражданин, каждый день я встаю,
по будильнику прямо ни свет ни заря,
на вчерашнюю смерть свою дико смотрю,
вспоминаю: убили совсем не меня.

КОСМОПОЛИТ

Когда идет по улице пехота,
вернувшаяся с маленькой войны,
и теплятся глаза у патриота
слезою умиленья без вины,

тогда стою с закушенной губою
и долго не могу согнать с лица
усмешку, по наследственной кривую,
подсмотренную в детстве у отца.

Так до него, разумный обыватель,
мой дед высокомерно морщил нос,
когда его по среднерусской карте
тащил тифозный паровоз.

Там конвоир входил в вагон зеленый,
наган с оттяжкой приставлял к виску
профессора истории, шпиона
английского. Там длинный лес в снегу.

Высокий лоб, холодный взгляд эстета.
Я четко вижу, как он умирал:
зевнул, протер очки куском газеты
и долго на нос надевал.

***

Зима лишь только начинается,
а нам уж хочется весны,
так вечно человек и мается —
от шума и от тишины.
От духоты, потом от холода,
в кругу семейном — от него,
однообразия какого-то,
от вообще всего-всего.
Что в градуснике ноль по Цельсию,
что снова этот мокрый снег,
и оттого, что жить невесело,
и оттого, что — человек.

Одноцветного севера серая гладь,
в корень скошены просо и рожь,
зачеркнуть бы всю жизнь да сначала начать,
только как ее перечеркнешь?

Даль ясна, холодна, голуба и ясна,
ледяная, прозрачная высь...
И не мучает душу родная страна,
и не надо по-новому, жизнь.

***

Переломный возраст бесконечный,
скучная больница в феврале,
синий Пастернак библиотечный,
выкраденный в Криковском селе.

Повторяй же, луковое горе,
с красной лихорадкой на губе
для самой себя в глухом задоре
против комсомола и т.п.

Против маршировок всей колонной
мимо навороченных трибун
в возрасте любви неразделенной
в потолок палаты наобум.

Белой ватой затыкая уши,
бормочи посланье, книжный вор.
Стих ложится на больную душу,
словно снег на заоконный двор.

БИБЛИОТЕКА

В комнату черную, пыльную, дольнюю,
в тайную библиотеку подпольную
тайно возьмет дуропляску с собой
женщина в тихо шуршащей болонии
школьных каникул весенней порой.

Мы в знаменателе мира, в обители,
в воли-неволи земном ускорителе,
скажет, как будто отрубит с плеча.
И побреду я в пылающем свитере,
Дант малолетний, шаги волоча.

И мы пройдем переходами темными
между знакомыми и незаконными,
между колоннами, тьмой монограмм,
где они с сорванными погонами
тянутся, движутся по номерам.

Где они с сорванными обложками
без офицерских своих эполет,
списки черны и фамилии нет,
кружат над ними чекистские коршуны.
Вас за какой, извиняюсь, сюжет?

Нас – за сюжет черноты и зияния,
за раздувание адской печи,
за Аонид ледяные рыдания,
арфы Эоловой переливание
и от веселого рая ключи.

Буквенной вязью, что золотом пишется,
розой, обвившей пылающий крест,
побеждены немота и бессмыслица,
движется ижица, мчится кириллица,
Лондон иль стылый парижский подъезд.

В библиотеке с сырой штукатуркою
на восемнадцатом жизни году
заворожи меня, музыка гулкая,
в воду макай, опускай в темноту,
не обещай ничего за разлукою,
и я как миленькая пойду.

***

В переулке гулком, в переулке тусклом
лампочка горит,
друг, когда я в настроенье грустном,
прихожу взглянуть на этот вид.

Золотые бабочки кружатся,
тенькают незримые сверчки,
друг мой, начинает жизнь сужаться
до простой строки.

Здесь всегда в любое время суток
длится тишина,
тихая скамейка – весь рисунок,
белая стена.

Дождь прибил к земле остатки пыли,
и вьюнок цепляется за нить
будто в небесах меня простили,
отпустили жить.

***

Распрямилась времени пружина,
пахнет одуряюще весной,
едет поливальная машина
и сметает мусор с мостовой.

Возвращаемся после прогулки,
солнце над заборами висит,
глянь, какой кусок лазури хрупкий
в луже ослепительно горит.

Улицей тележку катит нищий,
в ней бутылки-баночки звенят,
по задворкам синий ветер рыщет,
вот такой наш визуальный ряд.

На газонах разыгрался ветер,
на веревке сохнет простыня,
по асфальту пробегает сеттер
и глаза его полны огня.

***

По молодости я была жадна,
хотелось мне во всем дойти до дна,
до дна дойти во всем, не зная меры,
при помощи ума и глазомера.

Коралл и жемчуг на глубоком дне
я собирала в полной тишине
при помощи ума и прочей чуши,
а молодость ждала меня снаружи.

ЧИТКА

За океаном, забывая
слова, с листком наперевес,
стихи читаю, завываю,
имея шкурный интерес.

Для трех слависток бестолковых,
и двух славистов с животом
читаю, Тютчева потомок,
шершавым русским языком.

Как основательно приелось
мне на бессмысленном веку
то, что горелось и болелось
на остужающем ветру.

Ну, триста баксов, елки-палки,
где зал пустынен навсегда,
и ты читаешь по шпаргалке,
один Гандлевский не с листа.

***

В плохоньком буфете станционном,
где на стеклах пятна расплылись,
в давке за обедом порционным
я тебя увижу через жизнь.

Ну, не через жизнь, ну, четверть века,
проведенных где-то вдалеке
от тебя, родного человека,
в сером постаревшем пиджаке.

С постаревшей сумкою заплечной,
исчерпавшей времени лимит,
в том краю, где говорят извечно,
что одна бутылка не звенит.

Шутят, потому что время-скаред
экономит век на мужиках,
где их тени в полдень исчезают
в серых постаревших пиджаках.

***

Гул затих, я вышла на подмостки,
а очнулась в городе Свердловске,
в памяти бездонная дыра,
в пачке ни единой папироски,
в городе Свердловске все киоски
навсегда закрыты в пять утра.

Есть зато окурки на вокзале,
если вам случится, что едва ли,
оказаться, словно сироте,
где-нибудь на северном Урале,
посмотрите в голубые дали,
сядьте на скамейку в темноте.

В том краю, как и в любом проездом,
к личным наблюдениям полезным,
я прибавила такую тьму,
где рабочий бьет ключом по рельсам,
будто бы вели его нарезом
в пять утра по сердце моему.

НА БЕРЕГУ

На берегу во всем парадном
лежал покойный в камышах,
казался выросшим, нескладным,
не влазящим в родной пиджак.

На белом лодочном причале
была протянута канва,
в толпе свидетелей искали,
и люди мямлили слова.

Два полицейских в сером сквере
так тщательно искали след,
чтоб свет пролить в какой-то мере,
хотя какой уж это свет.

Мы все со смертью жмурим в прятки
и бегаем наперебой
по черной уличной брусчатке,
в асфальт ударив головой.

Испорченное воскресенье
без белых лодок напрокат,
и кто-то произнес в презренье:
ужо добегался ты, брат.

Вокруг вода цвета бутыли,
песок, похожий на песок,
и странно так глаза застыли
под веками наискосок.

***

Время начиналось с понедельника,
с громыханья синего будильника,
школьного забытого учебника,
с дружеского сбоку подзатыльника.

Эти юбки с острыми коленями,
эти марши по двору колоннами,
отдавание салютов Ленину,
школы с непонятными уклонами.

В парке баянист шансон наяривал,
открывались двери ресторанные,
возле «Интуриста» сбоку, за угол
проститутка плакала чуть пьяная.

Что-то не сложилось там с работою,
угощала сигаретой наскоро,
веяло великою свободою
от красивой красной пачки «Мальборо».

***

Над фанерной планкой со стамеской
тихо наклоняется отец,
ветер надувает занавеску
с рядом металлических колец.
На материи густою сетью
тянутся по небу облака,
все уже спокойно в ясном свете,
навсегда, бессмертно, на века.
Там стоят два клена в карауле,
зеленеет скатерти сукно,
средь гостиной дочь сидит на стуле,
смотрит в бесконечное окно.
Вспыхивает солнце в токах пыли,
совершенно летний, скучный вид...
Папа, тихо спи в своей могиле,
занавеска прочь не улетит.

***

У подъезда такси просигналит
на холодном проспекте, где львы,
где в осеннюю хрупкую наледь
запечатан гербарий листвы.

И поедет машина вдоль сада,
вдоль решетчатой тени оград,
вдоль прогулочного променада
с непременною ротой солдат.

В голом зеркале заднего плана
фонарей золотая строка,
канцелярий, контор панорама,
голубая, родная река.

Много пива под шапкою пены,
залпом выпито возле дверей,
ночью бил сильный ключ Иппокрены
и поэтам трещал соловей.

И напел, натрещал, дорогие,
бесконечный полет вдоль земли
за волнистые и кучевые
и далекую встречу вдали.

***

Ты библиотекаршей на выдаче,
днём тебя допытывают неучи –
что-нибудь о жизни почитать,
вечером идёшь ты в шубке кроличьей,
снег в лицо, в колени ветер колющий,
в магазине очередь опять.

Сыр копчёный, колбаса молочная.
Что там? Ну, печенье, ну, песочное
и в фольге зелёный чай в бруске,
вдоль дороги фонари горбатые,
сонный дворник снег гребёт лопатою,
лестница, где тьма в дверном глазке.

Всё припоминай, ведь память – сила:
как себе под праздники купила
сапоги однажды на аванс,
до колена финские из кожи,
и красивая коробка тоже.
Что-нибудь о жизни в сотый раз.

***

Бушует ветер на земле,
смерзается в грязи дорога,
температура на нуле,
ученики читают Блока.

В долине университет,
где, я профессор на полставки,
преподаю смешной предмет
с лицом заезжей иностранки.

На подоконник я сажусь
с лицом такого человека,
которому достался груз
всего Серебряного века.

Здесь мучаю учеников
произведеньями поэтов,
когда сгорали от стихов,
от черных пуль в стране Советов.

А мне достался блеск Дворца,
гуденье в гаснущем камине,
жизнь без начала и конца
и университет в долине.

***

Нас изводил речами патриот,
начальник нефтегазового цеха,
пустой самодовольный сумасброд
в бобровой шапке из густого меха.

Начальник говорил про важный труд,
про счастье жить в большой стране Советов,
вокруг была грязища, плыл мазут
и смрадный запах шёл из туалетов.

Мы заливали жидкости в раструб
закопанного в грунт резервуара,
хлебали на обед вонючий суп
и сами провонялись до кошмара.

Стекал из шлангов медленный бензин
в слепую цилиндрическую бездну,
и вечеров магический кармин
над базой плыл по небу бесполезно.

Но если где-то вешать мне доску,
то лучше там, среди бензинных бочек,
на грязной базе в адовом цеху
таких же, как и я, чернорабочих.

***

Что горит, сияет по краям
между невысокими домами?
А вот ничего такого там
под натянутыми проводами.

Просто много-много лет подряд,
взглядом пробежав по парапету,
принимаю маленький закат
в пустоте за чистую монету.

И бегом навылет через сквер,
чтобы восстанавливать у края,
прямо с места этого в карьер
то, что там горит, не догорая.

***

Так мало света в декабре
в расписанном зимой окошке,
на снежно-голубом ковре
видны следы соседской кошки.
О чём ещё тебе сказать?
Купили ёлку в лавке дальней,
на праздник будем наряжать.
Спи, мама, всё у нас нормально.

***

В снегу тропинка замурована,
легко поскрипывает наст,
и, странным стилем очарована,
читаю "Подвиг" в пятый раз.

Страницы вскользь переворачиваю
до синей лунной полыньи
и все надежды не утрачиваю,
что будут счастливы они.

К такому счастье это сводится
бессмысленному пустяку,
студент из Англии воротится,
в дверях склонится к косяку.

Она глаза поднимет наскоро,
пройдут отчаянье и мрак
и не понадобятся автору
Россия, полночь и овраг.

***

Всё бы было, если б меня не стало,
точно так же солнце вверху блестело,
точно так же улица грохотала,
на суку ворона бы вновь сидела.

Плыл бы крепкий запах от самокрутки,
шли рабочие и несли канаты,
отпускали плоские прибаутки,
и апрельский день был таким, как надо.

Без меня бы жизнь потекла привычно,
распускались на клёне тугие почки,
прибывала к станции электричка –
всё обычно, просто, без заморочки.

А потом каким-нибудь чудом свыше
вдруг возникла я, только чуть моложе,
вот с такою же головою рыжей,
с глуповатой улыбкой на круглой роже.

И открыла бы книгу я на террасе,
и, весенним зачаровавшись светом,
вышла в сад, уронивши заколку наземь,
а меня бы не было в мире этом.

ТОЛСТОЙ НА СЛУЖБЕ

Поручик Т., повеса из повес,
в картишки проигрался опрометчиво,
спустил именье маменькино, лес,
и ситуация очеловечена.

И вот с утра, отчаянно здоров,
в поселке под наследственными курами
он бреет щеки, искрививши бровь,
и долго по карманам ищет курево.

Ему коня подводят под уздцы,
он в чистом поле ищет развлечения.
Он снова проиграется в концы,
без денег возвратится в ополчение.

Отправлен на четвертый бастион,
в осадном Севастополе куражится,
впоследствии изрядно раздражен,
от всех наград презрительно откажется.

Отсюда это главное у нас:
на самого себя взглянуть с брезгливостью
сквозь пару ледяных, колючих глаз —
ни жалости к себе, ни царской милости.

***

Где алкоголь больших количеств
отечество нам заменял,
пред жизнью, прожитой навычет,
стоит мой друг. Он завязал.

Он вшил победную торпеду,
об этом написал стихи,
и в них всё это, это, это,
измены, глупые грехи.

Возможно, невысоким стилем
дано лишь время описать,
над историческим утилем
себя бессмыслицей занять.

Вергилий вписывал в эклоги
строение простых дворов,
а вышло у него в итоге
строение иных миров.

Но эти тусклые пейзажи
дороже всех богов подряд,
вот так бы написать без фальши,
чтобы растаял адресат.

***

Державинская ласточка в застрехе
не вьет трудолюбивого гнезда,
не рубится с дождем на лесосеке,
не реет, где свисают провода.

По-над прудом, где комары огромны
и дождевой червяк в траве упруг,
державинская ласточка, хоть лопни,
в предгрозье не описывает круг.

Остановилось время в лучшей оде
и крылышко трет крылышко легко,
и мы с тобой совсем одни в природе,
никто не понимает ничего.

***

С работы папа приходил,
смотрели с мамой телевизор.
На кухне – холодильник ЗИЛ,
в окне – сосульки по карнизам.

Приехала издалека
родня из Нижнего Тагила,
все вместе бились в дурака,
к нам черепаха выходила.

Собака, черепаха, в пух
одетый город в картах выпал.
Там я, смешной еще лопух –
на мне штаны и теплый свитер.

Продлить бы эту жизнь навек
для мамы, папы, для собаки,
для дальних родственников тех,
для молчаливой черепахи.

Придет зима во всей красе,
к окошку носом вновь прилипну:
«Пусть соберутся снова все!»
Собаку старую окликну.

***

Что до любви, то все вокруг любовь.
Когда весною завязи плодов
оперены живыми лепестками,
это она, ее лукавый стыд,
недаром бредит птичий плебисцит
и тормозят мозги в веселом гаме.

В дни юности она уносит злость,
бросает в реку жизни на авось,
так хочется побыть с людьми, прижиться,
по городу слоняться, словно тень,
дарить друзьям кипучую сирень
и лучше, чем была ты, становиться.

Жаль, в зрелости она скупа порой,
когда несет воспоминаний рой –
так в затканном дождем окне круг солнца
внезапно вспыхнет в серости ветвей,
чирикнет на заборе воробей
и в мизерную вечность унесется.

***

Белый цвет с деревьев так слетает,
будто снег идет, но он не тает,
а лежит на плитах под ногой,
смутный свет из облака струится,
падает на книжную страницу,
я сижу в саду, и сад другой.

Для чего все это, моя радость?
Чтобы сердце так не волновалось,
чтоб уверовало в вечный свет,
в то, что есть за этими краями
область с Элизийскими полями,
там все навсегда, и смерти нет.

Слышится мотив средневековый –
он такой, что падают оковы,
радость моя, кто это поет?
Это пчелы или дети в церкви,
и все тонет в белом фейерверке,
и скамейка лодочкой плывет.

Отплываем, отдаем швартовы,
свет течет то желтый, то багровый,
облако, как белое крыло.
Крепче обними меня за плечи,
знаешь, это лечит лучше речи –
человечьей жалости тепло.

***

Ну и что Россия мне?
Бывшие дворы в окне,
метросхема из колец
и на кладбище отец.

Остальное горький стыд,
он горит, как белый спирт,
между мною и страной
нынче занавес стальной.

Как любила прилетать,
на застольях пировать
и к отцу в прозрачной мгле
ехать чуть навеселе.

Да, конечно, там друзья,
только мне к друзьям нельзя,
и на кладбище, где ты,
мне не приносить цветы.

***

Я прошлой ночью пробудилась в страхе,
стояла у окна в ночной рубахе,
горела безнадежная звезда,
я обратилась к ней с немым вопросом:
что делать мне с внезапным переносом
через года, дороги, города.

Мне снился сон: мы где-то были вместе,
там от дождя мы прятались в подъезде,
сквозняк влетал, вносил в подъезд листок,
такси пришло, и мы поцеловались
так, словно бы навеки расставались,
и так оно и вышло, видит бог.

Потом тебя сослали за границу,
а я осталась в южной той столице
хватать за рукава тех, кто не ты,
неслись года, крутясь проклятым роем,
уехала и я, живу за морем,
и сны мои спокойны и просты.

Лишь иногда весеннею порою
стою в ночи под белою звездою,
внезапно пробудившись ото сна,
и вспоминаю городок наш южный,
подъезд, куда загнал нас дождик скучный,
гудок такси. А дальше – тишина.

***

В России не живут поэты долго –
топор, икона, царские полки,
из института там народоволка
уходит навсегда в большевики.
Вчера ей тройку ставили за кляксы,
и «Отче наш» бубнила по утрам,
и вот уже она читает Маркса
с Ульяновым Володей пополам.
Зачем бы вдруг симбирского плебея
тебе реализовывать мечту –
наган, листовка, русская идея
в немыслимом шестнадцатом году.
От этого начнется жизнь без крова,
история возьмет лихой разбег,
от пули, устремленной в Милюкова,
умрет другой, невинный человек.
И европейское поманит солнце
поэтов в неродимый край опять.
Жаль Мандельштама, он лишь остается,
чтобы за всех в России умирать.

***

Еще у нас повременит сирень,
и огненная птица горихвостка,
влетает под ее густую сень
таинственною золотой полоской.

Как хорошо в зеленой темноте
увидеть птичье пламя крупным планом
в сиреневом обветренном кусте,
когда шумит пространство океаном.

Он близко, он волною шевелит,
на побережье камешки катая,
но тронешь куст, и птица прочь летит,
как жизнь сама, почти что золотая.

***

В природе мертвый час затишья,
горячий воздух плюсовой
стоит в квартире неподвижно,
рапира стрелки часовой
застыла на одном деленье,
не колет время, не дробит,
и надо мною в помещенье
какой-то слабый звук дрожит.

Сижу и слышу пенье в рощах,
незримых птиц переполох,
и я должна, как переводчик,
найти голосовой манок.
Искусство, может, лишь подстрочник
к тому, что сойка наплела,
что воробьиный спел звоночек
в прямоугольнике стекла.

Как ни оттачиваем слух мы,
чтоб звук звенел и вверх летел,
в пух разлетаются все буквы,
трещат сплетения омел.
Я жизнь на это положила,
истратила на звуки пыл,
прочь переводчика на мыло –
первоисточник лучше был.

***

Всё странствовала, всё переезжала
и наконец приехала сюда,
где вечный плющ гремит во тьме квартала,
когда приходят в город холода.

Река волну о берег разбивает,
вычерчивает на песке дугу,
ноябрьская калина вызревает,
начинка к записному пирогу.

Потом приходит День Благодаренья,
садятся гости за нарядный стол,
трещат в камине дымные поленья.
О Боже! Неужели год прошёл?

За это вот, дружок Гермес, налей-ка,
пусть вечер проявляет полотно:
с ножом в груди под соусом индейка,
вечернее окно глядит в окно.

В чужом окне зеркально жизнь творится,
там ладные жильцы справляют пир,
там светел праздник, пироги с корицей
и с восковой слезой голландский сыр.

Плывёт по кругу с яблоками блюдо,
и мы глядим туда, и нам светлей,
вот так глядеть мы будем ниоткуда
на жизнь свою и улыбаться ей.

***

Как мир ни полон злой беды,
а все же длит простые будни,
в нем кран дроблением воды
надежно числит нам секунды.
В ворота входит пышный клен
в своем багряном одеянье,
весь разряжен, как Фон Барон
и с синей сойкой на кафтане.
Течет тумана молоко
бульваром медленным, старинным.
Вот так бы жить легко-легко,
клин вышибать гусиным клином.
Он поднялся под небеса,
тень на речную гладь наводит,
а я гляжу во все глаза,
и боль проходит, боль проходит.

***

Снотворное пила, но не спалось,
вставала, открывала окна ночью,
в них заплывал широкий шум берез,
и сизых облаков летели клочья.

Цикадами гудела вся земля,
на строящийся дом луна присела,
вдруг юность мне привиделась моя,
пока я молча в темноту глядела.

Вот так же я вставала по ночам,
набросивши на плечи покрывало,
упорно сочиняла что-то там,
чего сама умом не понимала.

Цикады, ночь и чайник на плите,
в обшарпанной тарелке горсть кизила,
и столько счастья было в той тщете,
что мне его на целый век хватило.

***

С мужем ездили в Эмхерст к друзьям, тормознули в
                                              дороге
сигареты купить, забрели в кукурузное поле
и набрали початков, приехали поздно в итоге,
нам хвостом во дворе повиляла хозяйская колли.

В доме куча народу. У хозяев вовсю вечеринка,
он обычный американец, она филиппинка,
приготовила что-то свое, с рисом, с острой
                                            приправой,
кукурузу в духовке пекли, что-то пела пластинка,
и в лесу пела птица полночная выше октавой.

Ночевали, а утром в окне стала красной рябина
или это в глазах от похмелья рябило.
В лес ходили, друг знал все названья растений,
а она все молчала, и все сигареты курила,
и стоял этот лес надо всеми последний.

Через год у нее кто-то в Англии. Стало известно.
Вот затем и молчала, курила, блуждая по лесу.
Друг наш с горя в больницу и напрочь забыл свое имя,
ыло больно смотреть на него – вот уж бездна
                                          так бездна.
Почему все плохое случается только с такими?

Вышел он похудевшим, печальные полчеловека.
С кем вторая его половина гуляет по свету,
знает в Эмхерсте лес, и, когда с приближением снега
индевеет трава, слышу птичье знакомое эхо:
для чего это было? куда подевалось все это?

***

Много времени жизнь не займет,
только что-то поставит на вид,
только юность червонец займет,
в приоткрытую дверь проскользит.

Вниз по лестнице в уличный снег
пробирается в холод и мрак
молодой, молодой человек,
прочитавший и «Крым», и «Гулаг».

Ножкой топ и по матушке – еб.
через два института – а чтоб,
через дней перетертый подзол,
через парк, где торчит дискобол.

Через две проходные и двор,
через синий дежурный контроль,
через осени красный ковер,
просыхающий твой алкоголь.

Через это мы тоже прошли –
и «Что делать» и «Кто виноват?»
Октябри, ноябри, феврали,
в луже палые листья лежат.

***

Дай тебя, родимый, расцелую
в обе раскрасневшихся щеки,
и пойдем сквозь улицу пустую,
где таксисты спят, как ямщики.
Спят таксисты, выпившие водки:
спит Газданов, спит водитель Кнут.
Покажу тебе все околотки
наизусть, на память, на раскрут.
Городских бродяг я помню в лица,
тридцать лет хожу я вдоль реки.
Заграница? Все мы за границей –
хватит одиночества, тоски.
Нам по эту сторону нарвать бы
райских яблок, вяжущих во рту,
и поесть их во дворе усадьбы.
Дальше я одна уже пойду.

***

По слабости, по малости своей
Люблю зверей и сторонюсь людей,
на корточки сажусь, чешу за ухом
пушистого певучего кота,
ему шепчу: «Моя ты красота,
зеленоглазый сфинкс с янтарным брюхом».

Гонятель белок и знаток мышей,
Люблю тебя до кисточек ушей,
Мурчи, котяра, и приветствуй лето,
С тобой мы на пороге посидим,
В четыре глаза в небо поглядим,
увидим – что там падает – комета?

На небе точка стала запятой,
Огонь летит хвостатый, золотой,
А тут фонарь глядит на мостовую,
Тут бледно растекается пятно,
Иначе бы совсем было темно,
Черно, темно – всё через запятую.

Мой нежный зверь, мурлычь мне песнь свою,
Тебе я потихоньку подпою
О том, как чуден мир короткой ночью,
О бабочках, цикадах, светлячках,
Огне в твоих зрачках, моих зрачках
Небесном и увиденном воочью.

***

Я при слове «ностальгия»
вижу времена глухие,
всю советскую муру:
папу возят на допросы,
я таскаю папиросы
на свидания в тюрьму.

Там такие были лица,
будто век прошел в темнице
и обуглились черты.
Там ковались приговоры,
кто – на нары до упора,
кто – в афганские ряды.

Сколько раз скажи, эпоха,
в мире не было там плохо,
будто взяли в неглиже?
Точка, точка, запятая,
вот и рожа вертухая.
И довольно врать уже!

***

Сутулая тень открывает ворота
и за руку вводит под сень,
и я говорю, головой поработав:
«Ведите, любезная тень,
туда, где ручей, размотавши рулетку,
из камня бежит напролом,
где верил мой друг, как два пальца в розетку,
что в камне душа и объем.

Я камень держала за вещь неживую,
пока мое время росло,
а этот мой друг, размышлявший не всуе,
он был, как природы Руссо.
Не чувствуя в мире нужды, кроме крова
и слова за общим столом,
он вдруг появлялся из мрака ночного,
в руке чемоданчик с бельем.

Вегетарианцем ли, твердым буддистом
иль апологетом камней,
он в жизнь заявлялся с особенным смыслом,
а жизнь... Что о жизни? Бог с ней.
Он засветло верил в разумность природы,
чтоб дней золотой ручеек
все перемывал бы усталые годы,
и я заучила урок.

***

Зима в моем краю. Впотьмах
бреду за мамой вдоль сугробов,
след уместив в ее следах.
На мне пальто, сырая обувь.
На горле чуть колючий шарф,
на голове в завязках шапка,
мне пять, с трудом дается шаг,
когда иду я валко, шатко.
Я, незаметно для нее,
снег слизываю с рукавицы,
он превращается в питье,
потом обратно снег слетится.
Тогда возникнут городок
и разные другие штуки.
Вот мать идет. Как путь далек
в тот продовольственный на круге!

***

Поднимали стихи над руинами,
как светящийся город над тьмой,
чтоб остаться навек анонимами,
батраками с кайлом и сумой.
В них взрастили мы дым приснопамятный
и слова всухомятку сплели,
целый век разгребая развалины
на краю обреченной земли.
Завещаю тебе,ясноглазому,
с небесами прямой договор,
а когда все слова уже сказаны,
расширяющийся кругозор.
Где из временных лет нашей повести
нас сплавляет, как рубленый лес,
посреди обступающей голости
завещаю свой город небес.
Оглушает меня гулом времени,
громким многоязычием свет,
и кружу я без роду, без племени
вавилонскою ласточкой лет.

***

С минуты на минуту хлынет дождь,
пойдет стучать по крышам и карнизам,
струиться под резиною подошв,
бросая людям непонятный вызов.

С минуты на минуту полыхнет
над головою в темном небосводе,
попутно смоет с улицы народ –
все тотчас переменится в природе.

И если на единственный лишь час
мир выглядит естественней и лучше,
то как же будет он хорош без нас –
с его живой водой, омывшей сушу.

***

Буран завалил дорогу,
волхвы не пришли к порогу,
сквозняк расшатал фрамугу,
погасла звезда с испугу.
Мутилось небо от снега,
ища на земле ночлега,
шатались в тоске деревья,
в камине дул ветер древний.
И, может быть, просто в страхе,
в защите от бури белой
мы стягивали рубахи,
последние вещи с тела.

***

Темный день, дурная дрема,
неприютный серый вид,
на суку сидит ворона,
вздорным голосом кричит.

Дождик сыплет на окошко,
капли по стеклу бегут,
а в другом старик и кошка,
видимо, погоды ждут.

Что пронзительнее в мире
горестного старика
там, где лишь стены четыре,
темный воздух на века?

Что он тихо вспоминает?
Детство, нищету, войну?
Бог его, ей богу, знает.
Или женщину одну?

Черные вороньи перья
хохлятся в связи с дождем,
и старик, обнявши зверя,
говорит: переживем.

***

За дровами утром едем – мать,
мой отец и я. Так детство снится,
что бесцельно правду отличать
от картин, налипших на ресницы.

Заносило с ночи общий двор
с синею укатанной тропою,
пахло деревянною смолою.
Родина так пахнет до сих пор.

Белая река и темной лес
рокируются в оконной раме.
Собирались утром за дровами,
жизнь прошла. Приехали, отец.

***

Смерть не зову. Она придет и так,
и перед тем, как мне шагнуть во мрак,
я вспомню все хорошее на свете.
Мой ангел, всю любовь тебе скажу.
До завтра, до прогулок на мысу,
до встречи в шестьдесят шестом сонете.

Грустить не надо, пусть грустит родня!
Под черной крышкой гроба нет меня,
а ты смотри туда, где гнется тальник,
резвится жизнь, как вольная треска,
извилиною шевелит река,
и четкой линией прописан тальвег.

Как хорошо, что на короткий срок
звенел в нас световых частиц поток,
чтоб исправлялась времени ошибка,
что знали цену подлинных вещей,
где без другого человек ничей,
как без смычка несыгранная скрипка.

СТАРЬЕВЩИК

На улице старьевщик разложил
предметы всевозможной мелочовки,
так мало денег он за все просил –
за бусы, амулеты на бечевке.

«Эй, подходи, народ, товар бери!
Любую из вещей отдам за доллар,
ну, хоть колечко, дымчатый берилл,
в него Господь частицу неба пролил!»

Пройти бы мимо этого старья
и старого смешного зазывалы.
Сама не знаю, честно говоря,
зачем остановилась, рядом встала.

Не розовые бусы, не кольцо
мое вниманье привлекли собою,
а старика внезапное лицо,
в котором было что-то неземное.

В час сумерек прохожих голоса
под кленами звучали чуть просторней.
Старик вздохнул и поднял так глаза,
как люди поднимают их спросонья.

И поняла я: предо мной слепец,
не видящий всей ерунды убогой,
но бельмами глядящий в тот конец,
где мы, мелькнув, растаем понемногу.

***

Проступают зеленые ели,
тает звездный предутренний лед,
слышны клеста высокие трели,
и рассвет над домами встает.
Значит, жить, возвращаться пора нам
в неказистые восемь утра
к нашим белым небесным баранам
над глубоким колодцем двора.
Снова браться за нашу работу
раскрывания смысла души.
Небо чертят в окне самолеты,
как молочные карандаши.

***

Пока кружили мы по скверику
в том ботаническом саду
и открывали, как Америку,
омелу, сныть и лебеду, –
в соцветиях тысячелистника,
в пыланье огненных шаров
происходила эта мистика
возникновения миров.

Из Андромедовой туманности
звучала тонкая пчела,
летали мотыльки в непарности,
Арахна белый шелк пряла.
Перекликались гуси сонные,
как будто сторожа в глуши,
и мы бродили там влюбленные,
и в них не чаяли души.

***

маме

Такая жизнь, такая жизнь,
в шесть лет война, в окошке – Азия,
с крахмальной синевой кумыс,
когда глаза закрывши засветло,
голодными ложились спать,
вставали, голода не чувствуя.
«Там тоже счастье было грустное,
пойми!». Да что там понимать.
С какой невероятной ясностью
тебя я вижу молодой,
русоволосой в синеватости,
в дверях над белою чертой.
Ты ночью в каменном мешке
среди Громыкинского зодчества
белеешь со свечой в руке
как жизнь над бездной одиночества.

***

Где-то уже видела я лист
этот вот, с зазубринами с краю,
где-то точно так играл горнист,
музыку слегка перевирая.
Падал снег и превращался в грязь,
и фабричная труба дымилась —
с тем и ходишь-бродишь битый час,
и в него вся жизнь твоя вместилась.

Легкая вьюга прогулки к тебе
после того, как закрыли метро,
детское облако дыма в трубе,
как серебро.

По пешеходной полоске моста
над замерзающей серой рекой,
над некрасивыми глыбами льда —
и на другой.

Мне бы к тебе дотянуться: «Пусти,
я не ревную тебя, хоть убей»,
греть бы замерзшие пальцы в горсти
у батарей.

Ночь будет, длинная ночь до утра
восемь несчастных, счастливых часов.
Скажешь: «Малыш, ты судьба и сестра,
но не любовь».

***

Над зимней рощей свет жемчужный,
очарование очей!
Смотри, мой друг, как ветер южный
гоняет стаю журавлей.
Уже другие улетели
под первым натиском зимы,
уже и белый край метели
коснулся мерзнущей земли.
Уже пора по расписанью
войти в стремительный поток,
но так прекрасны расставанья,
что вновь отодвигают срок.
И падают внезапно сверху
на почерневший зимний лес,
как если бы снимая мерку
с всего, что остается здесь.

Меня таскал в свой кабинет
член партии и друг народа:
«Чего коптишь ты белый свет
и потребляешь кислорода?»
В стране трагических крамол
не затаить бы нам обиду!
Ругай меня, мой комсомол,
храни меня, звезда Давида!
Подобная любой балде,
я занимала чье-то место,
где и бурчанье в животе
могли бы объявить протестом.
И прав был, в сущности, парторг,
строчивший на меня доносы,
он лучше выдумать не мог,
чем эти веские вопросы.

***

Юность, скамейка, четвертый подъезд,
надпись на стенке: «Наташа плюс Дема» —
так протекают видения мест,
что и почти не скучаешь по дому.
Сон так глубок, что мотаешь клубок,
звякают спицы, они же и птицы,
дом их берет под стальной козырек
с красною крышею из черепицы.
Вот ты заходишь в подъезд после ста
лет беготни, съемных хат, бельэтажей
и вспоминаешь вдруг главное — да,
Дему из третьей, из пятой — Наташу.

***

В райцентре между баней и заводом
газетная редакция была,
я в ней с одним печальным обормотом
делила кабинет на два стола.

Мы жгли на производственные темы
и про сельскохозяйственный вопрос,
расписывали посевные схемы
и трогали за вымя тощих коз.

Коллега мой, исполненный смиренья,
сдавал наутро свой материал
о важности живого удобренья,
а по-простому – про коровий кал.

Про комбикорм, про крупные масштабы
и взятые до срока рубежи.
Здоровались у магазина бабы.
«Писатели», - вздыхали алкаши.

Какие лица, полные уродства,
я видела в райцентре, где завод
так засекретил делопроизводство,
что сам себя полвека не поймет.

Но иногда осеннею порою
приятно втихаря засесть в дому
и сочинять чего-нибудь такое,
чего сама, ей-богу, не пойму.

Про жизненные странные моменты,
про выжатую южную лозу,
когда путем в столицу из райцентра
вдруг утираешь смутную слезу.

ЧЕХОВ

И не то чтоб его попросили,
так с каких виноватых седин
едет первый писатель России
из Московии на Сахалин?

Три недели на Волге и Каме
в грязно-бурую воду глядел,
разговаривал там с мужиками
и о цензе серьезно радел.

Там такой был народ твердолобый,
не народ – человеческий сброд,
весь закованный в лед и сугробы,
за сырую понюшку убьет.

Так зачем не в веселой Европе,
а в тифозном бараке страны
чистым золотом пишутся строки,
странным отсветом озарены?

А в Москве семь суббот на неделе,
у Станкевича новый роман.
Что поделаешь тут в самом деле?
Доктор, доктор, печаль да туман.

От всего, что в отчизне в ущербе,
запахнуться в шинель и молчать,
и, шампанского выпив, «Ich sterbe» –
да и то по-немецки сказать.

***

В редакционных кабинетах
средь писак я не толклась
и о возвышенных предметах
на разговоры не велась.
Мне не являлся шестикрылый
блаженный светозарный дух,
и перед чьей-нибудь могилой
стихов я не читала вслух.
Речами вольными в памфлете
не призывала свергнуть строй,
жила, как все, на белом свете
с больной от мыслей головой.

***

Первым умер спаниель Атос,
ничего не объяснил домашним,
что-то мирно проворчал под нос,
помахал хвостом и стал вчерашним.

Даже кошка в трауре была,
ничего не ела две недели,
мы щенка другого из села
взяли в теплом месяце апреле.

Птицы звонко умирали враз,
рыбы молча вверх всплывали брюхом.
Где-то вместе там зверье сейчас,
гулят, чешут лапою за ухом.

Где-то ждут, мурчат и ловят блох
там, в едином времени и месте.
Если есть на свете детский бог,
то погладь их, Господи, по шерсти.

Как мало фонарей в кварталах этих,
как тускло здесь – хоть даром пропади,
и то куда-то мчится «Парамедик»,
то куст, как пьяный, встанет на пути.
То жалостливо заскрипит калитка,
на сон грядущий пропоет молитву,
собака пробежит недалеко,
и снова в тусклом мире ничего.
А что еще тут надо верхогляду?
Сорвать бы с неба звездочку одну,
запомнить вечер, улицу, ограду,
собаку... Почему? По кочану.

***

Нас жизнь разыграла по нотам
общеньем с народом пивным,
но веры урок был преподан,
где кругом сходились ночным.
Нам выпало петь на износе,
вытягивать слово, как жгут,
в таком холостом безголосье,
где черное белым зовут.
Не с тех ли времен на пределе,
когда зажигают зарю,
за тех, что пожить не успели,
я в строку слова говорю.
Срастаются весны в квартале,
две ласточки в синем крахмале,
кровавая речь изо рта,
и это уже навсегда.

***

Там монастырь был старый, францисканский,
он пламенел на солнце высоко,
была природа в яростном убранстве,
туман в долине, словно молоко.
Ходили за оградою монахи,
над поселеньем колокол гудел,
врывалась ночь с глазами росомахи
и звезды были белыми, как мел.

Я там давно в одной семье гостила,
смотрела сквозь окно на монастырь,
там в небе бледно-синего акрила
мне свиристел на дудочке снегирь.
Пастух овец гнал мимо частокола,
которым огорожен был посад,
в подлеске расцветали мухоморы,
стоял навеки яблоневый сад.

А в этом мире, где все наносное
и где вода облизывает гать,
возможно ли смирение земное
под неумелым сердцем удержать?
Так быстро прогорает день короткий,
бессмысленно мигают фонари,
в осенний омут уплывают лодки
с последнею полоскою зари.

Мне потянуть бы время, задержаться
над медленной водой на склоне дней,
вобрать природы яркое убранство,
пока мы тоже делим вечность с ней.

И по колени встав в сырой осоке,
где шевелит извилиной река,
припомнить дом и монастырь высокий,
и дальше – небо, звезды, облака.

***

Кухонное жёлтое окно
Заперто на дождь с той стороны,
Он пройдёт, и облако одно
Будет, и над ним пятно луны.

Деревянный дом, куст чабреца,
Сумеречный сад роняет цвет,
В сохнущем окошке два лица,
Как фаюмский сдвоенный портрет.

Кто вот эти двое, что из тьмы
Смотрят выжидательно во тьму?
Господи, так это же ведь мы,
Те, что жили некогда в дому.

Дождь пережидали у окна,
Слушали в нём теньканье фонем,
Выходили в сад, плыла луна
И однажды вышли насовсем.

***

Как бы славно жила наша бравая рать,
как за пазухою у творца,
коль могла бы заставить язык щебетать,
щелкать вроде дрозда и скворца.

Быстроклювую звукопись юный пострел
как бы славно над смыслом вознес.
Это то, чего Хлебников сильно хотел
и подслушивал стрекот стрекоз.

Это будет давно, и плеснет по губам,
станет пеной, оставит без сил.
И не это ли пробовал вновь Мандельштам
и пустое стекло укусил.

Молодой звукоплет, ты бы с радостью звук
извлекал до сухой немоты,
все приемы бы знал, по стволу стук-постук,
что, по сути, и делаешь ты.

Но поэзия есть контрабандный товар,
на нешелковом, строгом пути!
Что ж, давай, баргузин, наворачивать вар
умной речи, свистящей в груди.

С расстановкой и с чувством развеивать мрак
ради райских садов золотых,
Элизийских полей, замедляющих шаг,
даже если не тех, ни других.

***

Горе с мешком забредает в дом,
смотрит и – нечего взять кругом,
сырную корку смела хвостом
серая мышка,
капает в раковину вода,
в треснувшем пыльном окне звезда
электровышки.

Бедному горю шепну: «прости»
и покажу пустоту в горсти,
нечего брать, хоть хвостом мети
напропалую.
На вот, возьми пустоту в мешок,
на вот, короткий стишок, дружок,
все что могу я.

Он мог быть лучше, с лихой строкой,
с электросварочною дугой,
в нем сохранится, что под рукой –
в кране водица.
На вот стакан с неглубоким дном,
жизнь уместить бы в простой объем –
хватит напиться.

***

Когда томительную жизнь с лихвой переживу,
перелистаю до конца осеннюю листву,
то на пороге тишины скажу простую речь
про всю любовь, что на земле мне выпало
                                         сберечь.

Проглянет солнце в вышине, чтоб разогнать
                                         туман,
потянется над головой гусиный караван,
в прямых лучах сверкнут ряды желтеющих
                                         стогов,
где выходила к нам одна река из берегов.

Опять тропинка побежит сквозь суходольный
                                         луг,
откуда лишь рукой подать до тех речных излук,
до каменистых берегов, до скошенных полос,
в сыром рассвете до твоих продымленных волос.

ЭЛЕГИЯ

«На нефтебазе мы тащили шнур...» –
хотелось так начать стихотворенье
и в духе реализма пять фигур
в нем описать без преувеличенья.
Начальника с бородкой сатаны
и смехом истерической гиены,
штаны, что на все стороны равны,
работников энерго, блин, системы.

Мне было что сказать про то сельпо,
про серо-бурый хлеб непропеченный,
где, четверо филологов, мы по
бутылке пива взяли. Хрен перченый.
Какая там ходила сволота,
толкала речи и бабло качала.
Так и не написала ни черта.
Язык-мочало, начинай сначала!
Как раз когда и нечего сказать,
тогда-то и идут сплошной лавиной
к стихам по-русски пагубная страсть
и к памяти ночному никотину.

***

Для жизни надо очень мало:
в один из дней идти с вокзала,
любить кого-то, но не всех,
шарф поправлять у подбородка,
ловить такси у перекрестка,
смотреть на лица из-под век.

Сегодня нету этой школы
Серебряного века, что ли, —
другая лирика ревет,
грохочет музыка тупая,
какая-то все лобовая,
никто давно не знает нот.

Чему в той школе обучали?
Увидеть целое в детали,
любить животных, травы, птиц,
с брезгливостью сказать о власти.
И я, на горе или счастье,
одна из этих выпускниц.

***

Посреди пития кругового
по традиции в майском саду
я возьму запоздалое слово
в совершенно далеком году.

В том саду у забора склонилась
в белоснежных цветках каприфоль.
Запоздалого слова надмирность
чуть занизить иронией, что ль?

Продолжайте болтать по-дурацки,
целоваться на крае стола!
Всех люблю, обнимаю по-братски,
всех, садовая я голова.

А что, собственно, празднуем в лете?
Многоцветье земной чепухи,
свет фонариков по эстафете
и что майские вьются жуки.

Тайну мира, полет махаона,
молодую сирень у окна
говори полным текстом во оно
время жизни на все времена.

В заключение разговора
дай взгляну на родные лица:
этот выбьется в режиссеры,
будет фильмы снимать в столице.
Тот уедет в сухие степи,
за границу отчалит третий,
самолетиком станет в небе,
белым облаком на рассвете.
Я никем и ничем не стану,
я останусь сидеть на кухне,
головою качая плавно
и ногою в домашнем туфле.
С остывающим кофе в чашке
сочинять буду те же вирши,
но открою альбом однажды,
и прошедшее станет ближе.
Две открытки, истертых сильно,
к Рождеству письмецо из Берна.
С фотографий глядят мужчины
девятнадцати лет примерно.

***

Когда переломится возраст и книзу кривая
                              пойдет,
я вспомню темнеющий воздух, где улица в
                              лужах плывет,
сырых фонарей эстафету и город, в котором
                              жила,
бульвары кирпичного цвета, троллейбусные
                              удила.

И поезд большой новобрачный, цветами увитый
                              кортеж,
в синеющей гавани мачты, где новой метели
                              мятеж
берет на испуг пешехода над серою кромкой
                              воды,
трубу городского завода, проспекты, проулки,
                              мосты.

И как в многолюдной квартире бормочущий
                              чайник вскипал,
чай пили, погоду бранили, в снегу буксовал
                              самосвал.
С любовью все это припомню, пустою дорогой
                              скользя
в холодную черную полночь и с грустью, что
                              снова нельзя.

***

«Ты кем-то на земле любима и хранима».
Я отхлебну вина и фразу повторю,
надену потеплей большой халат на зиму.
Обычно все. Я все обычное люблю.

Идет зима. Камин желтеет предо мною,
потрескивает в нем веселый уголек,
стреляет в темноту сосновою смолою,
пугает тишину, как выпивший стрелок.

И нету кочерги, и быстро стынут стены.
И, кто бы ни был ты, далекий адресат,
придвинься и подкинь еще одно полено
в искристую золу. Пускай в уме горят

спокойные слова. Откуда? От верблюда
привычка говорить с самой собою вслух,
где тень моя сидит в халате – чудо-юдо,
где жизнь моя летит, и зимний день потух.

РЕПЕЙНИК

В глухую пору увядания,
когда дожди стучат в кювет,
из всех цветов, что были ранее,
тут ничего живого нет.

Один репейник над дорогою
стоит в зеркальной мостовой,
где были разные и многие, –
лишь он убогий и кривой.

И он средь пустоты и серости
глядит на ржавый водосток,
и даже покраснел от смелости
красивый огненный цветок.

***

На исходе естественных сил
я спрошу: почему же ты умер,
ничего-то мне не объяснил,
просто в вечность загадочно убыл.

Вечерами, когда прохожу
мимо пары влюбленных придурков,
поскорее глаза отвожу,
исчезаю во тьме переулков.

Кто я есть без тебя? Человек,
непонятной тоскою гонимый,
непонятною музыкой вверх,
невозможной, непроговоримой.

***

Когда включают свет внутри витрин
и фонарями блещет эстакада,
иду-бреду с тележкой в магазин
по улице вдоль Гарвардского сада.

И потихоньку говорю с собой
про то, про се заснеженной дорогой,
задумчивый филолог пожилой,
с тележкой на колесиках трехногой.

Родители – в могиле, а друзья
кто где на непонятном этом свете.
Тот в Кишиневе слышит голоса
и в кухне все сидит на табурете.

Тот в Иерусалиме грузовик
гоняет с чьей-то мебелью для денег.
Жена ушла и увела двоих
родных детей. Он тащит холодильник.

И все путем, все четко навсегда:
с утра таскает, вечером бухает,
и светит Вифлеемская звезда,
когда он два стакана выпивает.

Опять взлетели цены на бензин,
и карантин везде, и вещи хуже.
А я качу тележку в магазин
и думаю про все про это вчуже.

***

Тихонько твою голову к груди
прижму перед холодным, злым рассветом,
когда уже так много позади,
что мы родными стали в мире этом.

Мы пожили, не нажили добра,
в постели обнимались темной ночью,
желали утром «доброго утра»,
когда все было серо и непрочно.

Нам были откровенья в новостях
о снеге у зимы в слепом начале.
Трамваи замерзали на путях,
мы тоже брать преград не обещали.

Машины снежный город бороздят,
под бегуном скрипит в окне тропинка.
День, вечер, ночь. На блюдца – шоколад
и яблока сырая половинка.

К груди прижму я голову твою,
твой лоб я по-сестрински поцелую
за то, что спал со мною на краю
и согревал мерзлячку в ночь глухую.

***

Вселиться бы в многоэтажный дом,
смотреть в окно на Гарвардскую башню
и чижиков кормить простым пшеном,
с утра окно раскрывши нараспашку.

Здесь переулок, зеленью богат:
здесь кедр, и остролист, и три рябины,
и по стене стекает виноград
подобием замедленной лавины.

И я вселилась: вижу ноябри
они приходят вслед за октябрями.
И чижики поют — черт побери,
в такой обледенелой голой раме.

В окно стучат веселые ветра,
как будто расшалившиеся дети.
Все чижики да пыжики с утра,
все чижики да пыжики на свете.

***

Нам говорил начальник наш, болван,
в отхожем поле, где нас больше нет:
«Копайте лучше и давайте план!»
И уезжал на ЗИЛе в сельсовет.

С кривыми папиросами в зубах,
филологи, недели вкругаля
копали мы картофель кое-как,
синела перерытая земля.

Из нас, бригадных, грубый черный труд,
плохой жратвы картофельный крахмал
уже к полудню делал четкий труп.
Но был один, который не копал.

Втыкал лопату с крепкою силой он,
как только исчезал совхозный ЗИЛ
в пустой дали. «Ебись оно конем!»
И с книгою садился у стропил.

Льва Шестова читал в краю осин
и крепким самогоном запивал
«Апофеоз беспочвенности», блин,
где пролегает памяти Урал.

***

А это кто меж зимних елочек
над белою рекою катится
с душою полною иголочек,
под шубой газовое платьице?

А это мы, а это зимами
окраины элементарные,
перед большими магазинами
горят светильники фонарные.

И только это начинается,
чтоб никогда уже не кончиться,
как декорации меняются,
и ничего уже не хочется.

И где-то в Северной Америке
пейзаж какой-нибудь отыщется,
и человек бежит в истерике
и мордой в снег колючий тычется.

***

Я люблю золотую поруку
человечьей большой суеты,
по огромной столице прогулку
в направлении синей воды.
С мятой картой иду, пустомеля,
и, глядишь, постепенно дошла,
завершая прогулку без цели,
сигарету сырую зажгла.
Чайка лает и ветер разносит,
и при первой маячной звезде
обстоятельный горе-матросик
тянет белый канат по воде.

***

Лает пес, одиноко псу
одинокого человека,
что стирает в большом тазу
нечто серенькое от века.

Совершенные пустяки:
полинявшие две рубахи,
постаревшие воротники –
полный доблести и отваги.

Выпрямляется в полный рост,
побеждает вселенский хаос
и стирает опять, и пес
с ним. Нас тоже настигнет старость.

Но в один этот ясный миг
в совмещенной ванной/уборной
осветляется подлый мир,
расквадраченный, коридорный.

***

Замерзла и пальцы грею,
ночую в чужом дому,
кладу их на батарею,
чужое тепло краду.

Зола фонарей чужая
стреляет вверх угольком,
шутиха взлетела с краю
над правым моим виском.

Знакомое нам с рожденья
тоскливое чувство, что
там – вечное отраженье,
а здесь – непонятно кто.

Нам чуждое лишь знакомо
до странной стрельбы в висках,
как поле аэродрома
в пустых для дали очках.

***

Отсюда взгляд на склоне лет
в случайном легком теле
на небо и на белый свет,
природы рукоделье.
Когда бы речи горячи,
как у скворца на крыше,
и все равно скворчи, скворчи,
гортань летучей мыши.

Поется сладко на веку,
но не понять народу,
что мы с природой не в торгу,
а в упряжи на годы.
Об этом верхнею из нот
на ультразвуке речи
скрипи, скрипи в горячий свод,
мой легкий человечек.

***

Вы так славно начинали
в восемнадцать с лишним лет,
вы надежды подавали,
было множество надежд,
а теперь вы мышь в подвале,
младший вы товаровед,
и надежды отдыхали,
и никто не смотрит вслед.

Иногда лишь мокрый ветер
по-осеннему уныл,
и бежите, доннер-ветер,
и пинаете ковыль,
«разрази» кричите страшно,
но, мгновение, продлись,
и товаровед вы старший,
и не так ужасна жизнь.

***

Скользнуло облако во двор
и белый след внизу остался,
шел человек с вязанкой дров,
он на ногах едва держался.

Была зима, струился пар,
лес разделился на деревья,
шел человек и знать не знал
забытого стихотворенья.

Стихотворенье – красота,
как некто поднимался в гору,
лошадку под уздцы ведя
в студеную глухую пору.

Шел человек, набор примет –
шарф, полушубок, рукавицы,
покуда не сошел на нет.
И нам урок, как говорится.

***

Все бы ехать с тобою вдвоем
вдоль знакомых домов, мое солнце,
на замызганном двадцать шестом,
чтоб стучали о рельсы колеса.

Ехать, видеть чумную весну,
все ее переулки, заборы,
продувные дворы поутру,
золотые шатры до упора.

Расцветут фонари на кольце,
постовой погрозит нам из будки,
мы меняемся мало в лице,
постового мы шлем на три буквы.

И в одном поклянемся легко,
что ни грусти, ни страха, ни гнева —
ничего, ничего, ничего —
не возьмем мы с собою на небо.

Только счастье и только любовь,
только свет без конца и без края,
только медленный гул голосов
на сырой остановке трамвая.

ОДНОМУ П.

Достало до кишок: они не виноваты,
такими сотворил их одномерный мир
в отчизне болтовни и Оливье-салата,
мороженого – как его – Пломбир.
Легко судить-рядить из вашей заграницы,
талдычит в новостях сутяга-журналист,
он по-над бездной, он сумел там пригодиться.
Достало до кишок, в которых он, как глист.
Я вышла из рядов примерных послушаек,
где чуть не отдала в последний год кранты,
а ты жевал траву с ответственных лужаек
и гранты получал, и говорил мне: ты.
Напрасно по ночам под музою елозишь,
плохи твои стихи, имперский золотарь!
Не говори мне «ты», я здесь тебе не кореш,
и русский у меня совсем другой словарь.

***

Не доходя до разъездного знака,
за угол резко сверни,
видишь, двора золотая изнанка,
школа, две клумбы, огни.

На баскетбольной намокшей площадке
рыжий резиновый мяч,
лбом приложись к проржавевшей оградке,
он понапрасну горяч.

Где-то в уме это самое слово,
словно иголка в стогу,
там, где стоит человек незнакомый
на первозданном снегу.

И хоть воистину место нелепо
для прорывания чувств,
вдруг небесами зовет это небо
и ерундой эту грусть.

***

Можно я попрошу, чтобы там, куда тихо иду,
был бы лес на ветру, чтобы ивы стояли в пруду,
чтобы гуси, как гусли, гудели,
чтобы звук неустанно летел далеко и держал на
                                                          лету
то, что в жизни возвышенно пели.

Можно дать мне по сторону ту простодушный
                                                  пейзаж
леса, крыш, камышей, как простой карандаш,
дачных домиков из необструганной дранки.
Не кончается время, продолжается, чтобы на
                                                          глаз
узнавание было, опять приводил бы в экстаз
мир, который я видела раньше с изнанки.

Можно мне там со всеми своими огонь развести,
посидеть у огня, чтобы яблоко света в горсти,
перегуды гусей вдалеке, звезд цветные отточья,
приснопамятный дым – все, что было при
                                                  жизни в чести,
ну, а ежели нет, то позволь мне долиной брести,
и спасибо за все, и спокойной всем ночи.

***

Под снегопадом спят под вечер
в трамвайном парке три вагона,
спит в будке старенький диспетчер,
его сморило от циклона.

Собачка спит на телогрейке
внутри подсобного сарая,
в калач свернулся котофейка
на подоконнике у края.

Уснули бедность и разруха,
в подполье задремали мыши,
на плинтусе уснула муха,
и таракан уснул пониже.

Уснули жители природы,
спит в земляной норе опоссум,
енот сопит у дымохода,
в енотиху уткнувшись носом.

Все тихо и спокойно в мире,
снег падает в глубокий дворик,
спят двое в маленькой квартире –
пиши наш быстрый век, историк.

***

Я в дверь вошла и разглядела чудо:
в четырехгранной кухне лился свет,
белела чистой пагодой посуда
и голубел на стенке трафарет.

В обыкновенной чашке из Китая
сияло молоко на самом дне,
в луче витала точка пылевая,
звезда плыла в оконной полынье.

Возможно, ровно так придем мы в вечность,
как с холода зимой к себе домой,
иначе бы зачем сквозь мира вещность
глядели мы с закушенной губой?

Иначе бы зачем средь кухни стылой
стояли, не понятно для чего,
и спрашивали: «Что все это было?»
Неужто просто чашка, молоко?

***

Пребывая в отменном здоровье
и в своем полноценном уме,
сосчитаю утят поголовье
в перелетной утиной семье.
И припомню ко времени, месту,
к возвращенью весны на круги
перелетный пейзаж Бухареста,
нашей первой свободы глотки.
Проходили таможню... За шторкой
в чемодане копался румын
и к своим отпускал нас без торга
за простой сигаретный калым.

***

Неизданная рукопись
лежит в моем шкафу
с рассказами про юность,
про счастье наяву,
гаданье по ромашкам,
любви горячий ток,
а также по рюмашкам
разлитый коньячок.

В неизданном рассвете
наш дом из котельца,
там мать на табурете
сидит и ждет отца.
Меня саму там, кстати,
однажды вывел в нем
неизданный создатель,
черкнув карандашом.

ГРОЗА

В ночном саду, где ливень нас застукал,
мы прячемся в беседке от раската
ночного грома. Дай мне, слышишь, руку,
когда ударит над дорожкой сада.

Вдруг молния расцветит куст жасмина,
как освещала только в раннем детстве,
и станет на все части ночи видно,
как близко от людей сырая бездна.

Беззвездна, холодна, однообразна,
однообразна, высока под купол,
дай руку мне на темное пространство
с улиткою, проползшею мой туфель.

Быть может, нам даны в напоминанье
тяжелый гром и молнии на стыке,
чтоб в страхе говорили мы стихами
и ими укрывались, как улитки.

***

Это утро волокнисто,
похороны гармониста,
молодчину, пофигиста
провожаем в рай,
он играл по ресторанам,
улыбался взором странным,
был отважным капитаном,
музыка играй.

Дождь на небе, хватит плакать,
пусть выносят гроб на паперть,
в синем славно плавать
через белый свет,
взвейтесь ленты парусами
и над синими глазами
напишите над дворами:
«смерти нет».

Потому что нету смерти,
полупьяные, как черти,
положили гроб на жерди,
притащили роз,
пухом будь земля единым,
мы стоим пред магазином
и рыдаем так, аж дымом
давимся от слез.

***

Возвращайся, возвращайся, возвращайся
твердой памятью и жалостью назад
на места пустого облачного счастья
в проносящийся нарядный листопад.

Возвращайся к телефонным желтым будкам
с беспорядочной любовью на земле,
прошепчи там имя длинное по буквам,
нацарапанное двушкой на стекле.

Там окно зажжется в утренней квартире
в винограднике второго этажа.
Возвращайся на места, где мы любили
больше, чем любили нас, моя душа.

Возвращайся в опустевшие аллеи
посмотреть, как проплывают облака,
потому что утро вечера мудрее
и великое видней издалека.

***

В дома, в которых болтают люди,
ты не ходи,
останься мира на перепутье,
на полпути.
Они не братья тебе, бродяге.
Не обессудь.
Возьми сухого вина в продмаге,
еды чуть-чуть.
Пей с теми, с кем ввечеру не тошно,
а как бы так:
в солонке – соль, в казанке – картошка,
и светел мрак.

***

Заболеть бы и в слезах горячих
вновь увидеть всех, кого люблю:
Таню, что роняла в речку мячик,
и бычка на стареньком мосту.
В этом долгом сне перед закатом
чтобы в окнах – дикий виноград,
чтоб сидела мать на стуле рядом
и отец шептал бы: виноват.
В том, что на работе задержался
и опять домой не позвонил,
и в кульке принес красивый красный
по дороге собранный кизил.

***

Мы встречались, целовались
и с работы шли домой,
и ни разу не признались
той холодною зимой.

Отвлечение стихами
и красотами зимы,
и решили стать друзьями,
и друзьями стали мы.

И когда друзьями стали
так и ходим в поздний час,
словно что-то потеряли,
затоптали что-то в грязь.

В Кишиневе около промзоны
на размытой отмели речной
мне отец из спичек и картона
парусник сложил одной весной.
Это ерунда, что я ни капли
не видала город тышу лет,
где поплыл спасательный кораблик
из пустой коробки сигарет.
Уплывай, кораблик с пассажиркой,
по теченью серо-бурых вод!
Возвращусь в тот город после жизни,
а река течет.

***

Припомню длинный день в разгаре лета,
в центральный гастроном прошли печатно
два юные, бессмертные поэта,
а после долго топали обратно.
Вдоль кладбища прошли, военкомата,
прошли районом Розовой долины,
они несли бутылки, как гранаты –
устроим нашей юности смотрины.
Там жили бедно, весело и славно,
бюст Ленина торчал в саду, как кукиш,
и, наливая Каберне в стаканы,
ему мы говорили: «Третьим будешь?»

***

Уходят в область форменной риторики,
как в дантовский заворожённый лес,
восьмидесятых памятные дворики –
газон, скамейка, угловой подъезд.

Где раньше мы дымили сигаретами,
портвейном расширяли глазомер,
считали себя вольными поэтами,
совсем другая публика теперь.

Грядущее с его брутальной выправкой
явилось в постаревшие дворы,
скрипит скамейка, и не сядешь с выпивкой,
зачах газон, и бархатки мертвы.

Но с точки зренья музыки всё к лучшему,
что пожили, что дожили с тобой,
под синими расхристанными тучами
стихами говоря наперебой.

***

Сентября закаты чумовые,
вечером стремительно темно,
самолет рисует две прямые,
и ольха сильней стучит в окно.
Брошенная книга у постели,
распорядок жизни заведен,
фонарей цветное ожерелье,
перед сном короткий моцион.
Выпит чай с ромашкою аптечной,
лампа зажжена над головой,
чистит зубы маленький, невечный
человек, до жалости живой.

***

В ноль-ноль часов средь ночи длинной
в непроницаемом окне
мчит скорой помощи машина
по засыпающей стране.

Средь ночи сдвоенные фары
мерцают странно над землей,
в ней молодые санитары
моею кажутся семьей.

Когда пробьет мне сердце полночь
и остановится оно,
они придут ко мне на помощь,
воткнут железный ключ в него.

И заведут стальное сердце,
где шестеренок злой металл
успел изрядно истереться
тем, что пустые дни считал.

Успел так сильно источиться
тем, что отмерилось ему.
Когда ночами мне не спится,
я это вижу наяву.

Я буду осторожна в мире,
но даже если где-то тут
во тьме умру в пустой квартире,
они мне сердце заведут.

***

Да, с теми я, кто бросил землю,
уплыл за синий океан,
и мне плевать на Кремль ваш древний,
где нынче правит уркаган.
Я унесла свою Россию,
как Ходасевич, в вещмешке,
и нету слова «ностальгия»
ни в мыслях, ни на языке.
Есть только то, что мной любимо:
стихи, друзья, ночная грусть
и плеск волны о камни Крыма,
куда я больше не вернусь.

***

Говорит российская сторона:
«Нашему война, что мать родна».
Не по этой ли простой причине
мертвецы идут по Украине?

Падают театры и дворцы,
если в город входят мертвецы,
и дома бойницами окошек
смотрят на луны ущербный коржик.

Бредит мир и видит страшный сон,
сон безумца, реку Ахерон,
медленную лодку без возврата.
Похороны будут без парада.

Над кровавой розою ветров
Данте вызывай из тьмы веков,
пусть добавит круг десятый ада
для штабистов из военкомата.

***

Инне Ляховицкой

Когда сирена за окном завыла,
она взяла ключи и телефон,
на лестничную клетку вышла. Было
шесть вечера. В окне качался клен.
И в мессенджере в небольшом экране
остались книги на столе лежать,
сиреневое платье на диване,
на тумбочке раскрытая тетрадь.
На этажерке золотая рыбка
в аквариуме медленно плыла,
как золотая странная ошибка
среди войны за синевой стекла.

***

Радио играет песню «Нежность»,
под названьем «песня про промежность» —
важный хит студенческих общаг.
Анна Герман в розовом тумане
вызывает бурные желанья
у неунывающих салаг.

Небосвод иголками проколот,
и тогда любовь приходит в город
чтобы совершить святой обряд
там, где дети Евы и Адама
после Солнцедара и Агдама
в обреченном воздухе парят.

За плечами школьные заботы,
впереди конторы и заводы,
но пока есть к делу интерес,
времени напрасно не теряем,
далеко дежурных посылаем,
родину, ЦК КПСС.

С той поры так и летим на сетках,
на общаговских кроватях ветхих
через горы, реки и леса
в самопальном космосе отпетом
дачными фиалками по средам
чистые, как Божия роса.

***

Говори, говори про листву на тропинке,
про савеловской ветки сырые огни,
молоко в запотевшей от холода крынке
с благодарною нежностью упомяни.

Все гаданья кофейные в утренней чашке,
все слова зарифмованы с рифмой «прощай»,
на горящей конфорке белеет ромашка,
сладко пахнет на грядке ночной Иван-чай.

Этот сладостный мир был подобен итогу,
а потом я вошла в череду непогод
и последних друзей провожала в дорогу.
Говори, где и как нас судьба соберет.

Может быть, по ту сторону ночи ущербной
пролегают поля неземной красоты,
только мы не настолько природе потребны,
чтобы снова она воссоздала черты.

Все равно место счастья черти на салфетке,
дом на грязной реченке и хмурый тростник
на савеловской незабываемой ветке,
где я к ласковой жизни привыкла на миг.

***

По январской набережной темной,
там, где от воды было светло,
я брела, как кто-то незнакомый,
собственно, не зная, для чего.

Бормотала вслух стихотворенье
в направленье серых облаков,
лед трещал, немного в отдаленье
рассыпалась горстка огоньков.

Не из ряда вон какое дело
и стихи не средство от беды,
померещилось и пролетело,
ты идешь себе, ну и иди.

ЗА СИНИЙ ПЛАТОЧЕК

1.

Мы более с тобой не нытики,
глядим на мир мы однозначнее,
случайные картинки с выставки,
другие девочки и мальчики.
Уходят литерные длинные
в пункт основного назначения,
мы высморкались, слезы вытерли,
жизнь прожили, прощу прощения.

2.

Когда мне про любовь к отечеству
вошь заливает узколобая,
я ненавижу человечество
со всей отчаянною злобою.
Я ненавижу его истины,
его предательскую музыку,
за существительные с "измами"
всю эту ряженую публику.

3.

Чекистские гуляют соколы,
неонацисты с заморочками,
куда жиды Россию продали,
грузите арестантов бочками.
Грузите память стеклотарою,
пускай горит она сиренево
за нашу юность окаянную,
за Венедикта Ерофеева.

4.

За Гумилева и Поплавского,
за розы, что не будут брошены,
давай, губерния, рассказывай
с просодией во рту некошеном.
За то, что жить мы будем сызнова
и языком чесать по-черному.
А ты фильтруй базар бессмысленный,
сказал в ответ поэт издерганный.

5.

Твой синенький платочек вылинял
за листопадо-снегопадами,
но ты все та же, взор и выговор,
красива правдами-неправдами.
Куда идешь ты, непутевая,
чуть выпившая и без пропуска,
склоняясь вправо под обновою,
как будто писанная прописью.

6.

Налево – дачный лес строительный,
направо – лес почти что девственный,
шмелей полет центростремительный,
там городок, рекой отрезаный.
Туда душа моя стремится
за мыс печальный Меганом,
дочь эмиграции колбасной,
туда приду я с похорон.

7.

И видит бог, все будет в точности
исполненным такой же вечности,
все подростковые неловкости,
обледенелые конечности.
Поле огромное, туманное,
базар закрыт, есть бутербродная,
под солнцем пруд, как каша манная,
поговорим же, мама рОдная.

8.

Про Сахарова в Нижнем Новгороде,
про руки, согнутые в локте
в Кремлевском-жлобском после праздника,
век воли не видать и равенства.
Поговорим с тобой до полночи
про все ужасное, прекрасное,
по-бабьи перемоем косточки,
а было много, было разное.

9.

Вот так, доживши до полтинника,
очнулась, где ни свет, ни тень,
и встала, труп живой, в могильнике
вслух обратилась, грозный оборотень.
Обратно обратилась в слух,
звала, и, пропади я пропадом,
я слышала ответный звук,
он сердцу говорил чего-то там.

АМНИСТИЯ

памяти деда Исаака

Небритые, худые, словно жерди,
тащились в поле несколько людей
так, словно возвращались после смерти,
из горестных гулагских лагерей.

Былой историк, сумрачный философ,
бухгалтер, разучившийся считать,
они брели три дня в краю морозов,
земля с травою были им кровать.

Ободранными пальцами в пригоршню
морошку собирали по пути.
Философ повторял: «Еще немножко!
До станции бы только нам дойти!»

Их сильно лихорадило под утро,
земля была тверда и холодна,
глазами звезд на них смотрела тундра
нелегкая глухая сторона.

Двенадцать лет леса они валили,
цингу терпели, проклинали вошь,
в тифозные бараки вновь входили —
вот оттого и пробивала дрожь.

Все трое они были, как скелеты,
беззубые, бесплотные тела,
что помнили одно: была Победа,
однажды в мае все-таки была.

175

Если есть продолжение жизни, другие края,
я найду всех, кого я любила на свете так пылко,
буду вновь сигареты курить, буду в доску своя –
посылайте меня, дорогие, в ларек за бутылкой.

Все, что мы не допили, наполнив стаканы, допьем
за прекрасную встречу, за нашу и вашу свободу,
все, что мы не допели, за длинным столом
                                        допоем –
как ни взять на подобном застолье высокую ноту.

И про наших сынов, дочерей скажем слово в свой
                                            час,
пусть поменьше горюют, пусть много гуляют по
                                            свету
и не ходят на наши могилы, где нет уже нас,
только ветер качает деревья, а нас уже нету.

***

Как все порой на этом свете,
бесцельно ошиваюсь тут,
гляжу, как у фонтана дети
кораблик на воду кладут.

«Что ищет он в краю далеком?» —
в приливе умственной тоски
пробормотавши ненароком,
в недоуменье тру виски.

Над ним весенний ветер свищет,
и Лермонтов не прав насчет,
ведь каждый в мире счастья ищет,
а что найдет, то и найдет.

***

Тянется-потянется вечер городской,
дерево качается и цветёт левкой,
человек шатается и автобус ждёт,
сонная красавица бабочка плывёт.

В небе в светлой темени месяц в полынье,
дерево качается, ветки на окне,
человек подвыпивший, больше ни души –
улица ты улица, все мы хороши.

***

Где в озере лебеди – местная знать,
истертый глазами пейзаж покидать
и слышать шаги за спиною,
по листьям осенние дети идут,
какую-то звонкую песню поют,
чудесное пенье такое.

Про ветер, и море, и синюю даль,
про все, с чем прощаться воистину жаль,
в долине костер не потухший.
Так вдоволь напеты все эти места,
что память, как манная каша, густа –
послушай, послушай!

Прозрачные дети... То прежние мы
высвистываем голубые холмы
и птиц треугольные стаи,
здесь были придуманы будни на глаз,
и звезды звучали, как четкий приказ,
и весело мчались трамваи.

Пройдем теперь насквозь прореженный мир,
где позже мы станем олень и тапир,
барсук, росомаха, куница,
когда под орфический присвист небес
к домам подойдет опадающий лес,
вливаясь в пустые глазницы.

***

Ни прошлого, ни будущего нет,
а есть один высокий чистый свет,
в нём происходит всё одновременно:
на небе самолёта белый след,
на тонкой ветке золотой «ранет»,
и душно пахнет собранное сено.

Высоким летом живы все друзья,
любимый мой идёт сквозь луг, неся
в двух сложенных ладонях землянику,
склоняет ветер спелую траву,
пока живу, всё вижу наяву —
сад августа и на коленях книгу.

Пока живу, все времена насквозь,
выходит из зеленой рощи лось,
звучит грозы глухая канонада,
в моей ладони земляники горсть.
Любимой мой, всё навсегда сбылось,
всё хорошо и лучшего не надо.

ЭМИГРАЦИЯ

Когда я уезжала в раннем мае,
за окнами вагона шел отец
и что-то говорил беззвучно с краю,
пока вокзал не скрылся наконец.

Прозрачная весна снимала пробу
с пустых окраин по краям путей,
и желтый семафорный глаз Циклопа
казался оттого еще желтей.

Остались позади река в разливе,
на каменных фасадах вензеля,
осталось все, что я любила вживе,
кивали головами тополя.

Лишь зеркало в купе все возвращало
с дотошной аккуратностью назад,
где шел отец вдоль здания вокзала,
увитого в ползучий виноград.

Какие только ни видала реки,
меняя вид в окне на новый вид,
а он так и идет в двадцатом веке,
все что-то говорит и говорит.

***

Увяли клумбовые бархатцы,
поплыли в лужах лепестки,
и мы быстрее стали стариться,
любить смешные пустяки.

Хватились старого товарища
чтобы сказать ему «привет»,
нашли товарища на кладбище,
на сером камне – силуэт.

Пасутся облака на выгуле.
«Ну как же так, скажи, Семён?»
Почапали домой и выпили,
и между нами где-то – он.

Сидит с обычною гитарою
в потёртых джинсах, в пиджаке.
перебирает струны старые,
романс заводит налегке.

И в серых окнах вместо пандуса
морская синева рябит,
и занавес подобьем паруса,
и мачта гнётся и скрипит.

***

Мне кажется, что где-то на земле
есть старая квартира с птичьим гулом,
с весенними закатами в стекле
за бело-голубым прозрачным тюлем.

Гостиная с кукушкою в часах
и серебристым тополем в дозоре.
Мне кажется: все вещи на местах
и вся моя семья сегодня в сборе.

Кукушка выкликает третий час
над старою латышской радиолой.
Поставь пластинку – поплывет романс,
закружатся дворы, больница, школа.

Войди-ка в кухню среди бела дня,
отец сидит на белом табурете,
мать гладит платье около окна,
ведь жизнь-то продолжается на свете.

***

Ты от войны за кирпичною кладкою дома,
в Бостоне – колокола и сирени плерома,
сядешь на лавочку, слушаешь соек галдеж.
Ты от войны в рестораны, в вечерние бары,
где в электрическом свете грохочут гитары,
смотрит по телеку вечный бейсбол молодежь.

Ты от войны откупилась, послала немного,
в области сердца хреново, хоть пишется в строку,
хоть ты хоть что, ты гражданка свободной страны.
Американский твой паспорт хранится на полке,
на подопечной сосне распустились иголки,
вроде, весна возвернулась, и ночи бледны.

За шестьдесят тебе, сладок положенный воздух,
ты же из этих, из выбывших, из кишиневских,
ты и сама от войны убежала давно.
Ночь, Бухарест, чемодан, бесконечные шпалы,
дверь в пустоту, в черноту. Только этого мало.
Ты в эту дверь, а война к тебе прямо в окно.

***

В сборе лен и пшеница, стогами богата
сторона, где первач на троих,
у хозяев за рупь по стакану на брата,
и толкну я отлаженный стих.
Как в горячей буджакской степи по барханам
голубая бежит колея.
Это домик над илистым серным лиманом,
это родина, знаешь, моя.

Ковыряли мотыгами торные камни,
посадили в саду виноград.
Отпусти мою душу туда на прощанье
в этот старый заброшенный сад.
Но гуляет война, и дороги разбиты
так, что и не отыщешь дорог,
и сдувает меня с озверевшей орбиты,
как горячий барханный песок.

***

Всё, что ни скажу, слова не те,
всё, что умолчу, важней и лучше:
про пиджак, висящий на гвозде,
про пятно от шариковой ручки.
Долгую прогулку летним днём
к медленной реке, катящей волны,
берег, где сидим с тобой вдвоём
с пачкою солёного попкорна.
Золотые жизни пустяки,
девочки ныряют, как русалки,
в синий, голубой поток реки –
как же это просто, ёлки-палки.

***

Море плещет как попало,
сердце застаёт врасплох
крепкий рыбный дух мангала.
Тот, кто жив, считай до трёх.

Это море, эти камни,
этих волн лихая прыть.
жизнь затем навек дана мне,
чтобы с кем-то разделить.

Лягу заживо у моря
и усну туда, где дом,
покрывало на заборе,
мы с друзьями за столом.

В синем небе солнце светит,
лица золотом горят,
все в наличье, крыша едет,
а, когда проснусь назад,

ходит дочка вдоль полоски
отсыревшего песка,
камешек бросает плоский,
локон вьётся у виска.

***

памяти Ал.Цветкова

Мой походный Эль-Аль пробуравил глухую ночь,
я вернулась в страну под оливы и жакаранды,
синеокие кипарисы и проч., и проч.,
чтобы пробу со света снять на весь путь
обратный.
Средиземного моря волны опять со мной,
на глазное дно оседают то соль, то пена,
фляга быстро пустеет водой, и гудит прибой,
и асфальт горячится, и всё это офигенно.
Как Восток описать, не впадая в немой восторг
перед слаженным гомоном улицы в отдаленье,
будто сильной поток, подхватив, за собой повлёк,
словно щепку, меня в вавилонское
столпотворенье.
Иудейского солнца лучи так сошлись впритык,
что слепился из них на мгновенье подробный
город,
потому что у всякого города есть двойник,
что прочнее и выше небом, и в память вколот.
Дочь там учит иврит, из-за двери струится свет,
там мой друг по дороге бредет за вином в маколет,
разобижен на Бога, которого типа нет,
но который его устами нам жизнь глаголет.

***

А ещё расскажи: если мы не бессмертны,
почему так знаком этот образ закатный:
городок у реки, серый парк неприметный,
облаков на сетчатке лиловые пятна,
может, тысячу раз мы сюда возвращались,
оттого и понятна последняя малость?

Ну, а пенье? Что это за чудное пенье?
Что за дивные звуки под небом повисли,
будто звонкие дети поют в отдаленье,
так поют, как ни разу не пели при жизни.
Это нашей любви светлоокие дети,
вот всё ближе они в наплывающем свете.

Цирк приехал, белеет канат меж столбами,
как красиво идёт по нему акробатка,
ярко-красный цветок зажимает зубами,
голубое трико, золотая крылатка,
ради зрелища все собрались на минуту,
а когда все уйдут, можно я здесь побуду?

Хорошо, аж в груди сладко-сладко спирает,
карусель в стороне начинает вращаться,
карусельные лошади мерно ступают.
Кто на них? Может быть, это неба посланцы,
необычны их лица, одежды так белы,
чтобы сердце вовеки забыть не сумело.

***

Приходите в пьяном виде,
ставьте старую пластинку
или проще – вот возьмите,
заведите балеринку.
Поведёт рукой направо,
поведёт рукой налево,
будет музыка-забава
и не будет горя, гнева.
Это платьице цветное,
этот звук, что слух не режет,
о создание смешное,
и меня ещё утешит,
и меня с ума сведёт он
самый тихий, самый летний
синий гул под небосводом,
танец жизни с жёлтой лентой.

***

Мне говорят: я повторяюсь... Что ж,
я повторяюсь – стало быть, так надо,
как повторяется осенний дождь
с вольфрамовою ниткою заката,
пролёты улиц, в трещинах асфальт,
где в серых лужах отразились тучи,
где старый парк над кружевом оград
вздымает к небу жилистые сучья.

Под ложечкой горит свет бытия,
прозрачная стерня в полоске дыма,
под ложечкой листочков вензеля,
ребяческих застолий пантомима.
Когда от всех уедешь далеко,
тогда и вздор покажется блаженством,
тогда поймешь, как было там легко,
затем что грусть была нам не по средствам.

Звенел слепой кометой небосвод,
на вечность переписывали время,
снабдив меня на долгий перелёт
неопалимой речью в средостенье.
Соседи взяли фикус и герань,
журнальный стол, сервиз для чаепитья.
Я повторяюсь. Это просто дань
тем временам, где более не быть мне.

***

Вот возникает наваждение,
оно, как будто восхождение,
на верх холма ведёт тропа,
стоят по краю маки красные
летают над травою гласные,
согласных шелестит толпа.

Звенит плодами в поле деревце,
сирокко золотая мельница
раскручивает синий звон,
макушка солнцем нагревается,
со звуком звук соединяется
словесной ясности в обгон.

Она является последнею,
как будто над тропою летнею
слепого дождика налёт
смывает тяжкое, недужное
и оставляет лишь воздушное,
то, чем, поэзия живёт.

***

В голове, как в свинье-копилке, листва звенит,
просит милостыню инвалид в некрасивой кепке,
моросит на душе, бестолковая жизнь болит...
Тихо мимо прошла – видно, нервы мои
                                        некрепки.

В туче цвета сырой мешковины вскипел озон,
и закрыли анютины глазки глаза потуже,
у прохожей дамы из рук улетевший зонт
покатил черным солнцем на спицах по синей
                                        луже.

Ты, что все времена сочинил на пустой земле,
приручил к золотому свету себе подобных,
для чего нынче хлещешь влагою по скуле,
но себя самого скрываешь в глазах подзорных?

Ни к чему оплеухами ветра будить сердца,
не поднять уже голос за тех, в ком беда струится,
и кружу я в аллее у Кембриджского кольца,
где звенит листва и не может остановиться.

***

Протягиваю руку к чашке с чаем,
мгновение – и мир неузнаваем,
где тополь рос у серого плетня,
дрожит плюща зелёная мотня.

На бельевой верёвке сохли вещи,
ещё сарай был – грабли, доски, клещи,
в нём жили два опоссума, енот,
ходили на разведку в огород.

Я там арахисом кормила белок
за огородом у сарайных стенок,
развесивши бельё, в траве спала,
однажды руку к чашке поднесла.

***

Бывает, в тусклом дне мгновенном
с прозрачной, редкой желтизной,
в таком совсем обыкновенном
вдруг возникает свет иной.

Он возникает ниоткуда,
и глаз уже не отвести,
и снова жизнь почти что чудо,
хотя закончилась почти.

Искусство отдыхает – сложно,
многозначительно, темно,
и пониманье невозможно,
да и не нужно нам оно.

***

Внутри убитого такая тишина,
голубизна и вышина такие,
такая бесконечная весна,
что даже нет по жизни ностальгии.

Глаза его открыты в небосвод,
похожий на простой рыбацкий невод,
пусть золотая рыбка приплывёт,
желания исполнит как умеет.

Растормошит мужчину за плечо
расскажет сказку, пустоту латая.
Был счастлив он. Не надо ничего,
оставь его в покое, золотая.

***

В двадцать первом в Москве выпивали за встречу,
белый ветер в оконную щель свиристел,
молодая метель, торопливые речи,
в низких окнах дыханьем пейзаж запотел.
Окна, комната, стол и тарелка с салями,
черный резанный хлеб, торопливая снедь,
по двору кто-то в черном прошел с костылями,
впору выпью вопить иль белугой реветь.
Кто он был – без понятья. Он остановился,
глянул в наше окно, ухмыльнулся легко,
а у нас пир горою, и hasta la vista,
водка льется, не знает никто ничего.
В двадцать первом году отраженные в раме
разливали последнее, пили до дна.
Олимпийские кольца от съетой салями
на бумажной тарелке и скоро война.

***

Там, где жили между прочими,
ели вместе чебурек
и жалели люд задроченный,
жалость кончилась в четверг.

Жалость стаяла, как облако,
пролилась, как жирный сок,
больше ничего не дорого,
дорогому вышел срок.

У того свой домик в Гатчине,
у другого на Дону,
и свобода прособачена,
и война по кочану.

***

Ночь качает лампочку, улица пуста,
в небе беспорядочно звёзды навсегда.

И по своду синему, гладкому, как лёд,
тоненькую линию чертит самолёт.

Жизнь без продолжения, точка на стекле,
след кровавый тянется где-то по земле.

Прочие мучения, безнадёжный бред,
тоненькая линия, Бог с тобой, мой свет.

***

В Кишиневе помню дом, осенний дворик,
две скамейки и шатающийся столик,
деревянные старушки, севши в ряд,
что-то вяжут и на идише болтают,
розы белые на грядке облетают,
розы красные пока еще стоят.

Может, Парки были старые еврейки,
что во дворике сидели на скамейке
и на идише болтали о своем,
из клубков струились огненные нити,
морем пахло, будто где-нибудь на Крите,
а всего лишь двор и старый дом.

И пока я там сидела и глядела,
споро делали они живое дело,
спицы звякали, грассировала речь,
нет, картавила, гундосила, бурлила,
и вокруг листва как в обморок валила,
и туман старух окутывал до плеч.

А когда очнулась, дворик был пустынным,
журавли вверху клин вышибали клином,
улетая в дальние края.
С той поры хожу в тревоге и печали:
что три старых женщины вязали
и куда девалась жизнь моя.

***

Поздней осенью крик ворон,
начинается листопад,
снизу нищий жуёт батон,
работяга несёт канат.
В перспективе светлым светло,
позади черновые дни,
переломное, брат, число –
всё ненужное зачеркни.
Меж дворами пройдя насквозь,
сильный ветер листву метёт,
всё на свете само сбылось,
нищий ходит, батон жуёт.

***

Ни пера, родимые, ни пуха!
День насыпал дождик на лоток,
закрываю на мгновенье ухо,
слышу за спиною говорок.

День насыпал ягоды рябины,
прилетела сойка со двора,
тихо села на капот машины.
Друг мой, друг, ни пуха ни пера!

На закате в меркнущей квартире
трафарет деревьев наголо,
в казанке картошечка в мундире
надышала паром на стекло.

Хорошо бы вышло так в итоге
в этом мире жить и умирать,
в этом лёгком мире на пороге
ни пера ни пуха всем сказать.

СОДЕРЖАНИЕ

Катя Капович
Поговорим молчаниями

First Edition

Design and typesetting: Virgola Press
Published in 2026 by Virgola Press, New York
https://virgolapress.com